坚持一

我们要懂得"不可不知的人性"，
要有"不能没有的谅解"，更要有
"绝不妥协的坚持"。

一 豁达

成熟的人不问过去，
豁达的人不问未来。

刘墉人生三课

不可不知的
处世之道

刘墉经典 处世情商课

[美]刘墉 著

湖南文艺出版社
HUNAN LITERATURE AND ART PUBLISHING HOUSE

小博集
BOOKY KIDS

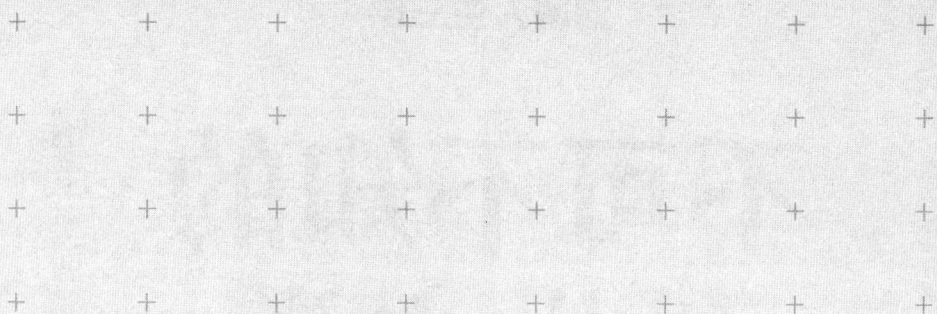

刘墉说

不只要你知道人性的丑恶，更希望你
在"了解"之后，能有"谅解"。

Contents 目录

PART

02

认清人性

PART

03

保护自己

刘墉人生三课

不 可 不 知 的

处 世 之 道

认清这个世界

面对早已写成的稿子，我一直想：对我的青少年读者来说，这本赤裸裸分析人性的书，会不会太辣了呢？会不会让还在念书的孩子，对未来的社会心生恐惧？

我开始做调查，问那些读过《冷眼看人生》的学生有什么感想。反应的差异很大，同一所学校的学生，有些人难以相信，这世界竟有那么多陷阱。另一些学生则可能轻松地一笑："这有什么稀奇？我看多了！"

有位读者寄来一张感谢卡，说他在人生最想不开，甚至要寻死的时候，看了《冷眼看人生》，才发觉不该只怨自己倒霉。其实这个世界，本来就有着各种防不胜防的人与事。

他的情况，大概就像得了重病的人，站在健康人中间，会怨自己命苦。到了医院，才发现四周站着躺着的，全是像自己一样的苦命人。而面对别人痛苦的遭遇，我们常会变得更勇敢、更平和、更感恩，也更坚强。

把人世的艰难和人性的弱点，呈现在眼前，有什么错呢？那只会使大家更看清世界，更了解人性，更反省自己。基于这个认知，我决定推出本书。在写作上，我采取追究到底的方式，把同一个问题，编成许多小故事，一层层摊开，一层层分析。

我们可以说这本书是"人生战法"，也是"处世学"。但那战法不仅包括了最实际的"战术"，也有了"战略"理论，我希望读者所看到的，不仅是马上可以利用的生活经验，还能在分析中，了解真正的人性。因为，所有人世间的机巧、变化，都脱不开那基本的人性。

当然，基本人性也相当复杂，本书呈现的都是最普遍易见的。正因此，当全书编成，我发现其中的故事尽管辛辣，却更生活，也更实用。几乎每个故事中的角色，都可能是身边的人，或我们自己。那是我在海内外许多圈子，滚得满身尘土之后，整理出的经验，在幽默中有着血泪。我把这本书，送给每位将进入社会的朋友，并且再说一句：

"我不是教你诈，是要你认清这个世界！"

01

看清世事

我不是教你诈，
是要你认清这个
世界！

看清世事，
免得你被卖了，
还在帮人数钞票！

年轻人失败，

常败在不知道及时表现自己，

也常败在过度表现自己。

愈表现，愈得意，

得意忘形，忘了别人的存在。

情与法的不够分明，
是我们社会的通病。

看不清周遭

是最危险的。

不论跳槽或自立门户，都得好好策划，
而不能因为自己"狐假虎威"地得到些掌声，
而错估形势。
否则，你会败得很惨，
甚至惨到在原来的圈子待不下去。

不懂得工作伦理，
在不该说话的时候说话、不该做主的时候做主，
是社会新鲜人常犯的毛病。

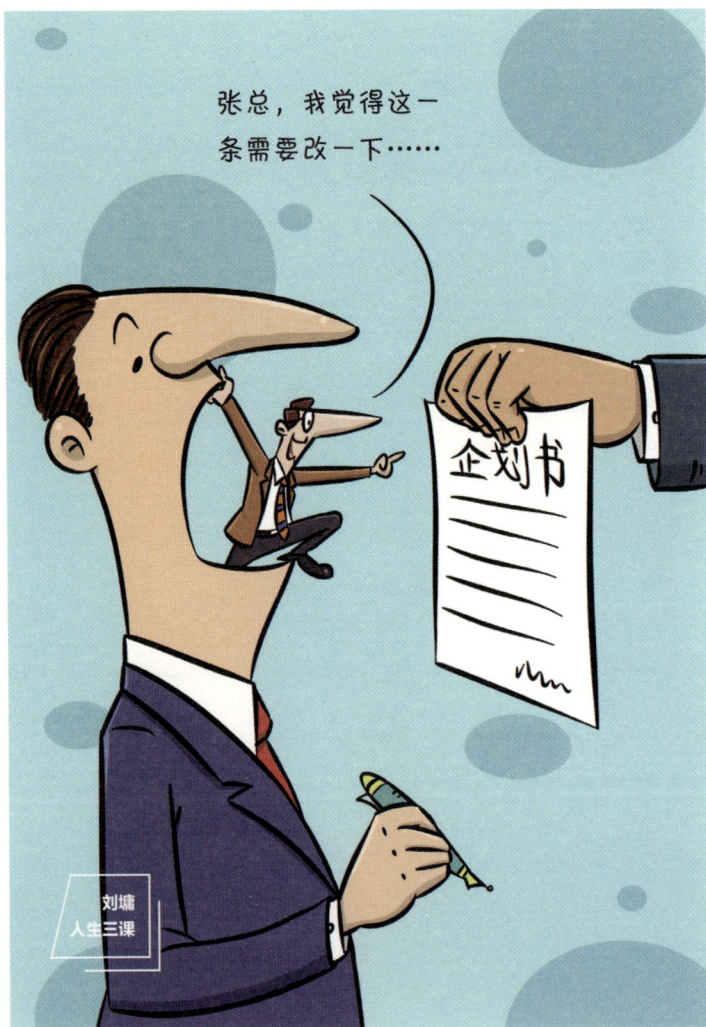

地下主任

> 如果说有一天他真当上系主任，没人会怀疑这句话，连主任不都这样认为吗？

"请问系主任在不在？我们要采访他。"

没想到还在布置会场，记者已经来了。怎么办？怎么办？系主任还没到，几个学生急得团团转。

"打电话到主任家好了。"有学生建议，赶紧翻出电话号码，挂了电话过去。

"怎么这么早就来了，我还在洗澡呢！"主任在电话那头也急了，"你们先应付一下，请记者坐坐，说我马上就到。"

电话才挂，就有别的学生跑来，说不用打电话了，何助教已经把事情解决了。

果然看见何助教跟记者们寒暄：

"主任还在忙，没关系！你们有问题问我好了，这个研讨会我最清楚。"

何助教确实最清楚，讲句实在话，访问系主任，真不如访问何助教，这个研讨会从头到尾，根本就是何助教在办。连邀请记者的名单和新闻稿，都是何助教拟的。

系主任自从有了何助教，真是轻松太多了，大大小小的事，何助教一手包，连小孩在学校跟同学打架，都是何助教出马摆平的。怪不得何助教进来才两年，大家已经偷偷叫他"地下主任"了。

地下主任真是仪表堂堂，你看！他接受电视台记者访问的样子，多英挺而充满自信哪！如果说有一天他真当上系主任，没人会怀疑这句话，连主任不都这样认为吗？

记者采访完何助教，大概急着赶下面的新闻，一群人冲出门去，正碰见跑得上气不接下气的系主任。主任连连道歉："对不起！对不起！碰上塞车，来晚了一步。"

"没关系！"记者们说，"何助教已经说得很详细了！"

"那好！那好！"主任不好意思地应着，直到记者上车离开了，还喃喃地说，"那好！那好！"

丢脸有理

> 年轻人失败，常败在不知道及时表现自己，也常败
> 在过度表现自己。愈表现，愈得意，得意忘形，忘
> 了别人的存在。

秀英今天一进门，脸色就不好，皮包往沙发上一摔，坐在那儿，闷不吭气。

"怎么了？"小王轻声细气地靠近。

"怎么了？"秀英别过脸去，"问你自己！"这一开口，气更大了，一下子满脸涨得通红：

"你今天真是让我丢够了脸，当着一大堆同事的面，我真想找个洞钻进去。"

"我跟我们处长，到你公司参观，怎么会丢你的脸呢？"小王一头雾水，"正因为我是处长面前的红人，他才会带我去，他怎么不带别人呢？而且，你要想想，处长不去别的厂

参观，为什么专找你们工厂，还不是我介绍的？"小王也愈说愈有气："你们工厂从上到下，如果做成这笔生意，应该感谢我，也就是感谢你才对，怎么反而说让你丢脸呢？"

"当然丢脸！"秀英转过脸来，"你还没去，我就跟老板和同事说了，说你是我同系的学长、高才生，也是这方面的专家……"

"你说的没错啊！"

"错大了！"秀英一瞪眼，突然低下头，掩着脸哭了起来，"你跟在你们处长旁边，一副一问三不知的样子，明明你最懂的机器，根本可以由你来介绍，你为什么不说话？还不断问你们处长。他懂什么呀？"

"他懂什么？"小王停了一下，居然笑了起来，"他也是学这个的，就算过时了，他总是处长啊！"

想一想

//

以上这两个故事，我故意只讲一半，留下结尾让读者猜。

何助教确实是个聪明的年轻人，他一个人可以当十个人用，问题是，"聪明"包括的不仅是知识、反应，更应该包含处世的智慧。

年轻人失败，常败在不知道及时表现自己，也常败在过度表现自己。愈表现，愈得意，得意忘形，忘了别人的存在。

相反地，那个以幕僚姿态，站在处长身后默默耕耘，不彰显自己的小王，则懂得做人的三昧。故事中，小王说得很明白："他（处长）也是学这个的。"

如果处长完全是外行，由小王这个内行代为解说，是当然的事。但是，当自己的主管也是内行人的时候，小王抢在前面说话，不但抢风头，而且表现了"我比你内行"的气势。

推销员都懂得一种说话技巧——明明知道对方外行，却说："相信您一定很内行，知道……"然后，把自己要推销的观念说出来。这样做，要比说"您要知道……"的效果好得多。因为前者表现的是同意，是同一立场，也是尊重；后者表现的，是假设对方不懂，需要被指点。

人人爱戴高帽子，当然前者的说法最讨好。

此外，人都喜欢表现，每个懂一点的人，都自以为是半个专家，而每个专家，都希望自己是专家中的专家。有什么情况，会比在一个专家面前表现得更专家，造成的场面更尴尬呢？

我曾亲眼看见，一位大师带着徒弟参观书法展，站在一幅草书前，大师摇头晃脑地一个字、一个字地读下去。突然，有个字写得太草了，连大师也认不出来，正左想右想的时候，徒弟却笑道：

"不过是个'头发'的'头'罢了！"

当场，大师就变了脸，怒斥道：

"轮得到你说话吗？"

那徒弟犯的错，就是"在老师面前充老师"，问题是，那毕竟是他老师啊!

有一些"伦理"是长期发展出来的,看似不合理,其中却有一定的道理。

"一将功成万骨枯。"小兵可以说:"白刀子进、红刀子出的仗是我们在打,为什么成名的都是将军?"

当他说这句话时,应该想想:

第一,哪个将军不是从下层升上去的?

第二,当仗打败了,譬如第二次世界大战,上绞刑台的,为什么是那些将军战犯,而不是杀人的小兵?

我曾经看过一个博士论文答辩之后,指导教授对通过答辩的学生,很客气地说:

"讲实在话,这方面,你研究这么多年,你才是专家,我们不但是在考你、在指导你,也是在向你请教。"

学生则再三鞠躬说:

"是老师指导我方向,也给我机会,没有这个机会,我又怎么表现呢?"

在这儿,我特别要对初入社会的年轻朋友强调,这个社会好像果园,当你进去,果园的主人可能说:"好!那片地,交给你种!"

当你种出最丰硕,甚至远超过果园主人以前种出的果实的时候，永远不要忘记，是谁让你进来，又是谁给你这块地。

自鸣得意的时候，千万不能忘本。

当然，人际关系的进退，是有很大技巧的，有些技巧近于不合理，甚至可以称为机巧。

譬如，当古代皇帝御驾亲征的时候，即使正在与敌人对阵的将军，可以一举把敌人击溃，不必再劳动皇帝，但是只要听说要御驾亲征，就常常按兵不动。等着皇帝来，再打着皇帝的旗子，把敌人征服。

这按兵不动，可能姑息养奸，让敌人缓过气，而造成很大的损失，为什么不一鼓作气，把他打下来呢？

此外，御驾亲征，劳师动众，要浪费多少银子？何不免掉皇帝的麻烦，皇帝岂不更高兴吗？

如果你这么想，就错了，甚至错得可能有一天莫名其妙地被贬了职，甚至掉了脑袋。

你要想想，皇帝御驾亲征是为什么？里面难道不存有"好大喜功"吗？他会不会根本知道敌人已经马上要投降，才御驾亲征？他不是"亲征"，是亲自来"拿功"啊！

拿功给谁看？

给天下人看！给万民看！

看！皇上一出马，顽敌就俯首称臣了。

所以就算皇帝只是袖手旁观，由你打败敌人，你也得高喊"吾皇万岁万岁万万岁"！都是皇上的天威，震慑了顽敌。

这样说，有错吗？

也没有错。因为你的军衔，是皇帝给的，你的大军也是皇上派的。饮水思源，还是皇恩浩荡。

说了这许多，有些事真令人疑惑、教人心寒，但这是真实的社会、真正的"人性"与"人情"，我不能不说，你不能不懂。

对了！前面两个故事的结尾——

何助教后来考自己系里的研究所，居然没考上。主任常冷嘲热讽，何助教最后出了国。

秀英的工厂，果然拿到了订单，小王后来还当上了处长。

全靠老同学

> 情与法的不够分明，是我们社会的通病。

"这种约，我不能签！"小庆把约推了回去，"一年半完工，根本不可能嘛！单单打地基，就得多少时间？"

"喂！喂！"老李往椅子上一靠、手一摊，"你这是怎么回事啊？老朋友好不容易帮你揽个大买卖，你还……"

"你要是够朋友，就应该把时间定长一点，你明明知道我不可能做得完嘛！"

"哈哈哈，"老李笑了起来，绕过桌子，坐在桌沿上，指了指约，"要是照你说，定他个两年半，还轮得到你吗？早不知道有多少人来抢了。"他突然凑到小庆耳边，"告诉你，这叫'立法从严，执法从宽'，你想想！这事由谁管？当然我管！到时候你做不完，我打个报告上去，谁都看得出来，不可能完工，上面还会有异议吗？你呀，放心好了！全包在老同学身上。"

小庆想了想，又抬头瞧瞧老同学，看到十分诚恳的目光。深深吸口气，把约拿过来，签了。

签约第二天，小庆的公司就动了起来。虽然有老同学护航，能快还是得快。只是地基才打一半，就下起倾盆大雨。

今年的梅雨来得特别早，又特别长。连着两个月，没见几天太阳。

这当中，老李也来看过两次，一面跟小庆苦笑，一面点头："你放心，只要尽力，包在我身上。"

转眼就是一年三个月了，由于日夜赶工，把梅雨延误的进度全赶回来了。

"你真不简单，做得真快。"每次老李来看，都要夸小庆几句，"照这样，可以准时验收了。"

"准时验收？"小庆跳了起来，"不要开玩笑哦！你明明知道不可能嘛！"

"那当然！那当然！多困难，我都会压着。"老李低头踱着步子，"你知道，我已经开始帮你说好话了吗？"

"谢谢！谢谢！"

只是才隔两天，就接到老李公司的电话，问哪一天可以验收。

"这个我已经向李科长报告过了！"小庆婉转地说，"进度都在掌握当中。"

"要我问李科长？"对方不太高兴，"我正在问你，照约，是哪一天完工？"

"这个……这个……"

"不要这个、这个的。现在是讲法的时代，我们什么都照约来，好吧？反正约上也写得清清楚楚，逾期未完工要怎么罚。"

小庆立刻打电话给老李，找不到。晚上又拨去老李家，对面传来一片麻将声。

"你打来，正好！"老李小声说，"领导正在我这儿，你等等，我换个电话，拨给你。"

跟着打过来，还是神秘兮兮的："我这阵子，正在给你四处打点呢！你要知道，现在情况不一样了，什么都讲法，不讲情。拿着白纸黑字，非照章办事不可。"

小庆急了："这怎么办呢？我当初就说嘛！不能签，那约根本不合理，现在如果真照约来，我就完了。"发觉自己语气不对，赶快改个调子："拜托！拜托！你可别见死不救啊！如果有什么该意思意思的，你尽管交代……”

从这天开始，小庆白天往工地跑，晚上往老李家跑，中间还得往银行跑。

幸亏老李，真够朋友。据说他为了小庆，上上下下全磕了头。总算拖到完工，一文钱也没罚。

想一想

//

老李建议小庆，先把生意拿下来，约签好之后，再谈别的。

想想！

小庆真没被罚吗？

只怕还是被罚了吧！没明着罚，也暗着罚。

这中间的关键是什么？

是"情与法"！

情与法的关系非常微妙。法看来是硬的，情看来是软的。但法是人定的，也由人去执行。执行的人有情，这法就有了弹性。

更进一步说，当法愈严苛，愈不合人情的时候，那执行的人，就可能变得愈重要。

古时候，堂上老爷说："给我打！一百大板！"

话固然从老爷嘴里说出来，这处罚也很可能根据了"法"，但那"打的人"，毕竟不是老爷。

于是，一百大板可以"打死"，也可以"打活"。

据说那高明的衙役，能高高举起、快快落下，却只打得表皮受伤，完全不伤内脏。

当然，他也能看来一样打，不用五十大板，就叫你见阎王。

这衙役的权力有多大啊！你能得罪他吗？

老李到后来能呼风唤雨的道理不也一样吗？

法，一定要合理。不合理的法要修，而不能用"人情的执法从宽"来补偿。

因为在这执法从宽中，不但不能真正地"执法"，而且造成许多弊端。

同样的道理，如果你发现别人要你签不合理或你办不到的约，你必须知道，从签约的那一刻起，除非你够大、够硬，否则每一个搅局的小鬼，都可能修理你。

情与法的不够分明，是我们社会的通病。

许多人在这当中得了好处，许多人被这样吃死。

记住！

你可以要求修法，不可以故意违法。只有当"法"能公正、合理的时候，执法才会严明，弊端才会减少。

半个也跑不掉

> 看不清周遭是最危险的。

"托您的福！过年前嘛，当然比较忙。"庄老板一边接电话，一边鞠躬。什么人一看就知道，必定是周老板打来的。

"不！不！不！不！"庄老板突然叫了起来，"您放心，您的东西，我拼老命也会赶出来。您放心，东西一定好，您可以随时来抽查。"

放下电话，厂里几十双眼睛都瞪过来。

"他要多少啊？"庄老板的大儿子板着脸问。

"一千箱！"

"一千箱？"大家都叫了出来。

"爸爸！你疯啦？"二儿子冲过来，"我们已经做不完了！"

"急什么！"庄老板沉声吼道，"你老子有办法。"又一伸手，"拿工作单来！那两个新客户的九百箱，发给小孙的工厂去做!"

"哪个小孙?"老三也走了过来,瞪大眼睛说,"太烂了吧!"

"叫他做好一点!关着门做,别让那两个客户知道。"

过年前,果然所有客户的东西都准时交件了。

周老板直拍庄老板肩膀:"不简单!够意思!临时要这么多,我原来以为非找别人不可了,没想到你居然硬是做了出来。"

"您要的东西,有什么话说?"

周老板开了即期支票,高高兴兴地上了奔驰车。

另外两家可就没这么简单了。

艾小姐最先吼了过来:"我看过你给别人做的,都很好,为什么给我做的,毛病这么多?"

庄老板立刻赶去道歉,鞠了九十度的躬,自愿打七折。

艾小姐总算脸色又恢复了血色,指着庄老板说:"下次再这样,我会退货!"

刘老板可没等下次,二话不说:"退货!"

庄老板又去哀求，不但提了大包小包的礼物，而且一路鞠躬，差点撞上了门框。

"我不管你怎么解释，就算过年赶工，也得做好。那么多毛病，你要我怎么卖？"

"这个……这个，全怪我，我们今年不发红利，给您打七折……"

"打七折也不行！不是我说好就好。"刘老板指着庄老板的鼻子吼，"别人会退我货啊！"

"退多少，我就重做多少。年初四就动工，专为您补做，另外免费为您多做五十箱。求求您，看在过年……"

刘老板沉吟了一阵子，挥挥手。

果然年初四，庄老板就开了工，专为刘老板做。因为是"本厂"制作，又做得特别小心，刘老板验收时，居然笑了。

又隔些时候，庄老板请喝春酒，周老板、艾小姐和刘老板都到了。席间艾小姐和刘老板虽然揶揄了主人几句，却也显示他们对庄老板"勇于认错、负责到底"态度的欣赏。

至于老主顾周老板，听在耳里，就更是"甜在心头"了。频频举杯敬庄老板：

"尽在不言中！"

想一想

//

庄老板棒不棒？

棒！而且正是"尽在不言中"。

他赔了吗？

没赔！因为交给二流的小厂"代做"，已经省不少钱。二流
货当一流货卖，就算打七折，都有赚。就算重做五十箱，也可
以打平。

结果，不但没丢掉两个新客户的生意，还莫名其妙地"建
立了信用"。

更重要的是——

他留住了那老主顾周老板。

如果当时他不接，周老板找了别人，别人看到"求之不得"的大主顾光临，一定刻意讨好。不但东西做得精，而且价钱压得低，希望把以后的生意抢过去。

周老板这一"试"，不就可能从此"换码头"吗？

留住老主顾，不给周老板接触别人的机会，才是庄老板的"最高考虑"。

由上边那个例子，你必须知道——

当你不会用人的时候，不但是用错了人，而且会失去人。失去的那人，更可能成为你的敌人。

当你让下面人抢位子的时候，他不但抢到自己的位子，而且可能抢到你身边的位子。

进一步，他可以抢你的位子；退一步，他可能挡住你的视线，使你看不清周遭的情况。

看不清周遭是最危险的。当你总是跟某人合作，而不随时出去了解市场和比价时，你很可能有一天发现，这老朋友算你的价钱，比别人都贵。

不是他涨了，是别人跌了。他却因为你总是"照以前的方式"，而没有主动通知你降价。

更糟的是，当你不去要求他，他也会在伺候你的时候，因为缺乏跟外界的接触，少了竞争的机会，"你们"很可能一起老化、一起落伍。

　　此外，商人多半知道庄老板那种"吃不下，含在嘴里也好"的道理。当你不够灵活，不去监督的时候，他们就吃定你，绑定你，甚至在必要时——牺牲你！

　　而且使你明明被牺牲了，还觉得他够朋友。

等到这么一天

> 不论跳槽或自立门户，都得好好策划，而不能因为自己"狐假虎威"地得到些掌声，而错估形势。否则，你会败得很惨，甚至惨到在原来的圈子待不下去。

丁零……丁零……"喂！部长办公室。"

"请问尹部长在不在？"

"对不起，他出去开会了，您是陈总经理吧？"

"是啊！朱秘书，你真厉害，一听就知道是我，尹部长有了你，真是如虎添翼，让我们都羡慕死了！"

"您过奖了！只盼有一天，我离开这儿，您能赏碗饭吃。"

"赏碗饭吃？你说的什么话。高薪礼聘还来不及呢！只是，能有这个荣幸吗？真能等到这一天吗？尹部长不会放人的！"

尹部长居然放了人。

其实朱秘书和尹部长不痛快，早不是一天的事，只是外人不知道罢了。自从陈总经理说了那番话，朱秘书更是有恃无恐，有一天居然跟尹部长拍了桌子，提起包就走了。

"陈总经理您好！我是朱秘书。"

"朱秘书？哦！就是尹部长办公室……"

"我离开了！"

"离开了？你不是做得好好的吗？"

"就是不好啊！所以打电话给您。您上次不是说可以赏碗饭吃吗？"

"哪儿的话！哪儿的话！我立刻安排，立刻安排！麻烦你把家里电话告诉我秘书，我会交代下去！来！宋秘书，你接一下朱小姐的电话！"

电话才挂，陈总经理就打给了尹部长。

"部长！刚才接电话的好像不是朱秘书啊！"

"她走了！不干了！"

"她不是挺能干的吗？"

"能干归能干！要走也留不住！"

"大概是被您宠坏了吧！"

"我不宠人，公事公办！听说她要到你那儿去？"

"哎呀！部长大人您怎么这么说？您想我可能用她吗？"

想一想

//

看完这个故事，请问陈总经理会不会聘朱小姐？

不会！为什么？他不是早答应朱小姐，会重金礼聘吗？

不错！但是只要你顺着理路想下去，就懂了：

一、陈总经理为什么会对朱小姐说那么好听的话？

那是因为他总要透过朱小姐找尹部长，拍着朱小姐，办事会方便得多。

二、陈总经理能不能聘朱小姐？

当然不能，因为跟尹部长闹翻的人，如果陈总经理聘了，岂不是会惹尹部长不高兴，怀疑陈总经理挖了他的人？

三、尹部长如果与陈总经理有业务关系，容不容许陈总经理聘朱小姐？

当然不愿意！即使他不能阻止，最少会忌讳。因为自己的机要秘书成为别人的，就如同自己的下堂妻嫁给了熟识的人（或敌人）。不但面子挂不住，而且多少业务机密和自己的隐私，都可能落到对方手里。

再进一步想，在尹部长那么位高权重的地方，尚且敢说不干就不干的人，陈总经理又留得住吗？一个对原来老板拍桌子的职员，又一定会效忠下一位老板吗？

这个故事虽然很普通，却说出了一个大家不能忽略的事实。

你绝不要以为站在今天的职位上，所获得的推崇，当你换了职位，依然能够保有。当你在大公司工作顺意，似乎外面厂商、客户都对你奉承有加、形同兄弟的时候，你千万不可乐昏了头，甚至想："如果我跟老板闹翻了，自己出去另立门户，大家都会跟着我走。"

据统计，客户跟着业务员跳槽的比例是非常低的。因为：

第一，原来的厂，已经合作很久，既然没出问题，何必自找麻烦换地方。

第二，原厂的老板也是老交情，甚至交情远在那跳槽的业务员之上，何必为个下属得罪老朋友。

第三，许多人认厂不认人。如同猫常常认屋子不认主人一般。这是一种本性。

第四，做老板的常向着做老板的。他下意识中也不会愿意跟着对方老板的叛徒跑。何况这样做，会给自己手下留个坏榜样。所谓"己所不欲，勿施于人"。何必呢？

第五，当有人跳槽另起炉灶时，原厂为了留住老客户，并打击新对手，常会加强服务、降低价钱。既然已经在这"矛盾"之间获利，也就不必换厂了。

由此可知，除非你自立门户之后，条件远优于原来的东主，否则，你是很难在短期获胜的，即使获胜，也常会两败俱伤。

所以，不论跳槽或自立门户，都得好好策划，而不能因为自己"狐假虎威"地得到些掌声，而错估形势。否则，你会败得很惨，甚至惨到在原来的圈子待不下去。如同前面故事中的朱小姐，不是她能力不足，而是因为尹部长的权位太高。除非尹部长失势，否则朱小姐在原来圈子是很难混下去的。

话说回来，如果当初朱小姐能够高高兴兴找个借口辞职，为老板做足面子，然后或者出国进修，或者先进入一个不相关的行业工作。待上两年之后，再转入陈总经理的公司，则大有可能。

这是很重要的一种跳槽技术，不论你是用人的老板，或打算跳槽的职员，都必须知道。毕竟：

"转进"比"撤退"好听，"杯酒释兵权"比"平定三藩"来得省力啊！

大家一起来

> 当你的对手，找到一个新的据点，准备吸引市场注意，对你攻击的时候，你可以安排自己人，也占住新据点。

"不好了！不好了！"业务部经理跑进王厂长办公室，"听说有一家要跟我们打对台。我们的'痴痴'是非降价不可了！"

"为什么？"

"听说他们做的东西，分量更大，价钱还比我们的'痴痴'便宜，又说是新口味。"

"新口味又怎么样？"王厂长说，"我们不能降价！否则人家会说以前是暴利，损伤了我们的信誉。而且，新口味他们会做，我们就不会做吗？把广告代理找来！"

"我们除了以前的产品不变，现在要再出两种新口味，你给我去设计广告，说是革命性的产品，包装新，分量大，口味独特，价钱便宜。"厂长对广告代理说，"而且下个月就要上市。"

"下个月？"在旁边的业务经理吓了一跳，"我们赶得及吗？"

"当然赶得及。"王厂长笑道，"我就不信那家新厂，能争得过！"

突然，市面上出现了三种新零食，每天摊开报纸，打开电视，看到的全是：

"不可说！不可说！吃不可说时，不可说话。吃了不可说，不可说不可说的好吃！"

"吵大仙！吵大仙！一口咬下去，吵死大神仙。神仙吃一口，不要做神仙！"

"咪咪喵喵，眯着眼睛说妙。咪咪喵喵，连猫咪都说咪咪妙妙！"

孩子们看得眼花缭乱，吵着要吃新口味。

原来垄断市场的"痴痴"，销量一下子跌了三分之二。那三分之二全被三种新产品包了。

市场调查报告出来：

新兴工厂的"吵大仙"，抢了原来全部市场的百分之二十二。

原制造"痴痴"工厂的"不可说"占百分之二十四，"咪咪喵喵"占百分之二十一。

但是"吵大仙"没多久就不见了。

"我就知道他撑不了多久！"王厂长在庆功宴上呵呵大笑，"我用现成的设备、现成的厂房、现成的员工、现成的管道，只是加点新作料，放进新包装，换个新名字，就把他打垮了！听说孩子都吃上瘾了，对不对？"把业务经理叫来，王厂长小声说："下个月，可以研究，小小涨一点价。"接着对大家举杯：

"来！来！来！大家一起来！谁不会做新产品？大家一起来！"

想一想

//

上面这个故事，是"前进式的卡位"，就是当你的对手，找到一个新的据点，准备吸引市场注意，对你攻击的时候，你可以安排自己人，也占住新据点。

表面看，那是你的对手，实际上，却均分了市场的注意力，削弱了你对手原先的"新品牌"的优势。

这种"卡位"技巧，可用的地方非常多。

在竞选时，当你发现对手极强的情况下，也可以用"卡位"，暗中安排一个可能吸收对方票源的对手出来，使对方发现自己的墙脚被挖、选民流失，而自动退出。或在对方仍坚持到底的情况下，让自己安排的这个人，在选前突然宣布退出，并在退出时强力推荐自己，使原来"中间的选票"可以大部分流向自己。

小新人与大天后

> "你怎么知道他给天后什么待遇？"小欣的妈妈也说话了，"只怕他是欺负你年轻，还是跟昨天那家签吧！"

"李总！您约的那个新人小欣和我们的天后，只隔了五分钟。"张秘书盯着记事本，忧心忡忡地问，"您要不要把新人安排早一点？我怕五分钟您还谈不完！"

"不用！"李总笑笑，"不过我正要叮嘱你，天后来了，如果我没谈完，对她说万分抱歉，因为有个小歌星，家里出了事，找我帮忙，请她稍等一下。然后，把昨天我从日本带回的那个瓷娃娃送给她，说是我特为她带的。"

"那不是要送给您女儿的吗？"

"没办法啦！要请天后等啊！"

"那您何不……"

李总一挥手："别说了，我有我的道理。"看张秘书走到门口，又喊住："天后到了，还是立刻进来告诉我一声。"

小欣来了，初入道的小女生，给人格外清纯的感觉。李总在不久前的校园民歌演唱会上，一眼就看中了小欣。

"你一定能红！"李总对小欣严肃地说，"但是必须由我们公司来栽培，我们为你砸大钱……"

正说呢，张秘书敲门进来，紧张兮兮地报告：

"天后到了！"

"什么？天后来了。"小欣赶快起身，"那我赶快走。"

"没关系！"李总把小欣的肩膀压了下去，抬头对张秘书说：

"要她等！"

"要天后等？"小欣眼睛瞪得好大，"那不好吧！您怎能为我这么个新人，要天后在外面等？"

"没关系！我这公司里没有所谓大牌。要被造就，就不能要大牌，她早等习惯了。"堆上满脸笑容，"坐！坐！坐！先谈我们的。如果你愿意被栽培，接受我们的训练，就先别计较收入，让我把钱全砸在宣传上，如何？"接着抽出一份合约，"你先拿回去看看，不勉强，认为满意，就签好了，拿回来给我。"

"这么快就要签了啊?"小欣接过合约,摸摸胸口,张大了嘴巴。

"不急嘛!你自己拿回去研究,问问你爸爸妈妈!"李总说着起身,拍着小欣的背,打开门。

"啊!"小欣尖叫了起来,"天后!天后!真的是你!你是我最崇拜的人了,能不能为我签个……"

说一半,被张秘书挡了下来:"改天!改天!"说着把小欣推了出去。

另一头则见李总做成摇尾狗的样子,弯着腰、堆着笑,冲出去。

"你很大牌嘛!"天后拉着脸,"我已经等你十分钟了,你知道吗?要不是看在这瓷娃娃还不赖,我早走人了。"

"哎呀!哎呀!我给您磕头,行了吧?张秘书没跟您说吗?唉!小女孩,家里有事,非求我帮忙不可。"李总恭敬地拉着门,把天后让进去,叹口气,"我这个人,有个弱点,就是天生心软。"

"这李总的心也太硬了吧!"小欣的爸爸拿着合约,摇头,

"跟另两家比起来，他给的未免太少？而且一签就是七年。"

"可是他真的很有办法哦！"小欣瞪大眼睛，"天后就是他旗下的。"

"你怎么知道他给天后什么待遇？"小欣的妈妈也说话了，"只怕他是欺负你年轻，还是跟昨天那家签吧！"

小欣先没答话，低着头想了半天，突然抬起头：

"我想还是跟李总签，我觉得他做事比较有魄力，而且他很重视我。"

"他重视你？"小欣的爸爸问，"才见一面，你怎么知道？"

"我当然知道，你们知道当他跟我谈的时候，要谁在外面等吗？"

"谁？"

"天后！"小欣叫了起来，"我出来的时候，亲眼见到的。"

想一想

//

像李总这样"既约了人，又要人等"，是社会上早有的文化。

这好比你打电话给他，就算他正闲得跷着脚看报，或坐在那儿发愣，他也不会立刻接，他要你等，等电话响了三四声之后，再用"匆匆忙忙"的语气接起来。

为什么？

为了表示他忙。

就算你是领导，除非他跟你早约好了，知道是你要打电话进来，或由他秘书先接，告诉他是你打的，他绝对要你等，使你觉得他正在忙，他没有吃闲饭。

◎慢慢接、急急讲

至于你是下属或外人，就更甭说了。

他晚一点接电话，不但可以装出一副"你干吗在我这么忙的时候来电"，对你打几句官腔。当你说"您是不是正在忙？如果正忙，我等会儿再打过去"的时候，他假使讲"没关系，你说吧！我把事情先放下，听你的"，则显示"他卖了你一个好大的人情"。

相反地，你才拨电话，响半声，他就接起来了，只怕你要问："你是在等人电话吗？""你在等我电话吗？""你在等女朋友电话吗？"

无论你怎么想、怎么问，都让他显得"弱势"。

他怎能不要你等？换作你，你又怎能不叫他等？

◎我在忙，请等一下

好！再让我们回到约会的等。

那道理也一样啊！

如果你才到，他立刻请你进去，是不是显示了——第一，他前面没有客人，也没在忙；第二，他急着见你。

再不然，就因为你是领导，是他敬畏的人物，他自己就算有天大的事，也得放下；有什么朋友，也得立刻送走，好赶着出来迎你。

你会不会因此觉得"气壮三分"？

换作你是他，不希望你有那些联想，你是不是也会要客人在外面，多多少少等一下，好比"电话响几声，你才接"？

◎**第一次接触**

连女孩子约会，都懂得要男生等的道理——

你们是网络上的朋友，第一次见面，约好了一个人拿杂志，一个人抱书包，在某地方碰面。

你会早早就抱着书包，站在那儿等吗？

天哪！你是在等着他偷偷观察你啊！搞不好，他还带了一票同学，正在对你品头论足啊！

更搞不好，他看你长得"有点抱歉"，一转身溜了，从此连网上也见不到了。

所以请问，有几个女生不懂得晚一点到？

晚一点，让他先站在那儿，东张西望，心急如焚。于是，你出现，使他如释重负、万分欣喜。

你不是一开始，已经占上风了吗？

◎请你脱光了等

"等"是门大学问。

医生要病人等，又希望病人觉得没等太久，他就用个方法——设许多间诊疗室，先让你坐在门口十分钟，再由护士带进诊疗室十分钟，又由护士送进袍子，要你脱下衣服换上，说医生马上就来。

如此又过了十分钟。可是虽然前后已经等了三十分钟，你却没觉得那么长。

商界的大人物也一样，他们常有两间"预备会客室"，先让你在其中一间等。你岂知旁边还有一间，别人早在等。而他在里面还正跟另一组人谈呢！

这时候如果他叫你等，又把前一组（或前两组）客人，经过你这间，送出去，甚至介绍你们认识，你就要好好想想了——

如果你是"小的"，他送个"大款"出来，是不是秀给你看："我可是跟上层打交道的。"

如果你是"天后"，他送个"小欣"出来，他是不是像前面故事中说的，他利用你，抬高自己的身价？

◎打开天窗说亮话

问题是，人与人交往，何必处处用心机呢？我固然在这儿"点出"这些手段，希望你不被利用，但是真正盼望的还是建立一个互信的社会。

所以我建议，如果你是李总，你又无意利用天后，你就应该亲自出去，对天后表示歉意，请她稍候。你甚至应该特别开着门，使里面的客人见到你的表现。

你这么做，不是既表现了诚意，又不致令人多心吗？

再不然，你就要设那个偏门，直通走廊，使小欣见不到天后，免去许多不必要的猜忌。

至于根本之计，则是你应该绝对守时，说几点，是几点，不但显示了你掌控时间的能力，也表现了你对人应有的尊重。

想想，约好下午三点，准三点，百货公司门口的玩具钟正敲呢，一个抱着书包，一个拿着杂志的网友，一起走到钟下，是多么好的开始！

◎恭喜您！成了名人

"你很可能被踩了，却没有感觉。"

可不是吗？天后被李总踩了，表示"大天后我也不甩，我很权威"。

　　小欣看傻了，佩服李总，签了约，李总的目的达到了。问题是，天后知道吗？

　　她当然不知道。许多情况下，被踩的人是没有感觉的。举个例子来说：

　　在美国只要你稍稍有点"成绩（还不算成就）"，便可能突然收到某《世界名人录》编撰小组的信。

　　上面首先自我介绍，说过去他们出版了多少名人录。列出人名，吓你一跳，有里根、布什，还有毕加索、张大千。

　　接着他表示经过调查，你有资格入选，先恭喜你、赞扬你一番，再说，如果你愿意，请寄照片、简历及购买几本名人录的支票。

　　那数字说出来，也吓你一跳。不过几本烫金封面、精装本的书，就要那么多钱。此外，还问你要不要入选证书？证书也是烫金的，装在贴金箔的雕花镜框里，又要数百美金。

　　可是，你想来想去，天哪！能跻身《世界名人录》，跟那些了不得的人物并列，是多么"光宗耀祖"啊！

　　◎**能花钱就是"大师"**

　　这"名人录风"，也吹进了中国。

　　如果你是艺术家，而且十分大牌，可能有专人去拜访你，说要出版《当代名家画集》，希望你提供画作的幻灯片，至于"简历"，不劳烦你，你这样的名家，他们早有资料。

"要花钱吗？"你问。

"不！当然不！能请到您是我们的荣幸。"他说。

你心想，《当代名家画集》当然应该有你，而且不要钱，不费力。甚至当你没有幻灯片时，他们还能免费为你摄影。

何乐不为？岂能不参加？

于是隔两个月，全国的大牌小牌，叫得出名字的艺术家都收到了彩色邀请函及样张。

打开样张，全是大师的彩色作品及生平简介，其中包括你。搞不好，还有你列名顾问。

然后跟《世界名人录》一样，恭喜收信人入选，邀请他参加，只要他提供幻灯片、简历和彩色制版、印刷成本，并购买多少本作为纪念。

那些只学画两三年，还没出师的"小画家"，和画了二三十年，教了一票学生，却还画不好一棵树的"老师傅"们能不惊喜吗？

"只要我从书架上拿下这么厚厚一本《当代名家画集》，就能对学生证明我是名家。"

"瞧！老师姓张，只因为第二个字是四画，要不然就排在张大千前面了。"

就算要花掉不少银子，看在那么多当代大师都参加了，他能不参加吗？

◎开我财路，揩你油

现在让我们回头想想，《世界名人录》将里根列名其中，他们需要里根同意吗？

他们未征得同意，就把里根列入了，里根会去告他吗？

话再说回来，那《世界名人录》或《当代名家画集》，对于入选的"名人""名家"又有什么伤害吗？

那伤害也极为有限，对不对？

所以我说："你可能被人踩，被人利用，自己却没有感觉。"

老板靠边站

> 不懂得工作伦理，在不该说话的时候说话、不该做主的时候做主，是社会新鲜人常犯的毛病。

"糟了！糟了！"王经理放下电话，就叫了起来，"那家便宜的东西，根本不合规格，还是原来林老板的好。"狠狠捶了一下桌子，"可是，我怎么那么糊涂，写信把他臭骂一顿，还骂他是骗子，这下麻烦了！"

"是啊！"秘书张小姐转身站起来，"我那时候不是说吗？要您先冷静冷静，再写信，您不听啊！"

"都怪我在气头上，想这小子过去一定骗了我，要不然别人怎么那样便宜。"王经理来回踱着步子，指了指电话，"把电话告诉我，我亲自打过去道歉！"

秘书一笑，走到王经理桌前："不用了！告诉您，那封信我根本没寄。"

"没寄？"

"对！"张小姐笑吟吟地说。

"嗯……"王经理坐了下来，如释重负，停了半晌，又突然抬头，"可我当时不是叫你立刻发出吗？"

"是啊！但我猜到您会后悔，所以压下了。"张小姐转过身，歪着头笑笑。

"压了三个礼拜？"

"对！您没想到吧？"

"我是没想到。"王经理低下头去，翻记事本，"可是，我叫你发，你怎能压？那么最近发南美的那几封信，你也压了？"

"我没压。"张小姐脸上更亮丽了，"我知道什么该发，什么不该发……"

"你做主，还是我做主？"没想到王经理居然霍地站起来，沉声问。

张小姐呆住了，眼眶一下湿了，两行泪水滚落，颤抖着、哭着喊："我……我做错了吗？"

"你做错了！"王经理斩钉截铁地说。

张小姐被记了一个小过，是偷偷记的，公司里没人知道。但是好心没好报、一肚子委屈的张小姐，再也不愿意伺候这位"是非不分"的主管。

她跑去孙经理的办公室诉苦，希望调到孙经理的部门。

"不急！不急！"孙经理笑笑，"我会处理。"

隔两天，果然做了处理，张小姐一大早就接到一份紧急通知。

打开通知，她脸色苍白地坐下。

张小姐被解雇了。

想一想

//

看完这个故事，你有什么感想？

这是个"不是人"的公司？王经理不是人，孙经理也不是人，明明张秘书救了公司，他们居然非但不感激，还恩将仇报，对不对？

如果说"对"，你就错了！

正如王经理说的——"你做主，还是我做主？"

假使一个秘书，可以不听命令，自作主张地把主管要她立刻发的信，压下三个礼拜不发，她岂不成了主管？如果有这样的"黑箱作业"，以后交代她做事，谁能放心？

再进一步说，自己部门的事，跑去跟别的部门主管抱怨，这工作的忠诚又在哪里？

如果孙经理收了她，能不跟王经理"对上"？而且哪位主管不会想："今天她背着主管，来向我告状，改天她会不会倒戈，又跟别人告我一状？"

所以张小姐不但错，而且错大了，她非但错在不懂人性，更错在不懂工作伦理。

有一位在日商公司工作的女孩子对我说：

"那些日本主管最假了。白天上班的时候，道貌岸然，可是下班后去 PUB（酒吧），三杯下肚，就好像变了个人，完全没了主管的样子，跟我们下面这些人又唱又叫。"很鄙夷地一笑，"但是第二天，在电梯里碰到了，跟他轻松打招呼，他又恢复了死相。"

这年轻小姐就是不懂"公是公、私是私"的道理。主管下班请客，一掷千金，不代表你吃中饭、买便当，就能跟他不分账。老板私下送你一个精美的记事本，不代表你可以把公司的铅笔、橡皮带回家。

这又使我想起一件事：

有个杂志社给我做专访，出刊后，先送了一本给我，因为写得相当好，图片和编排也很讲究，我心想可以送一本给朋友，再多带一本回纽约，就打电话给杂志社主编，请她多给我两本。

主编不在，是一位小姐接的。

"麻烦您转告主编，我希望多要两本这期的杂志。"我对她说。

"这个啊，没问题！您派个人过来拿就成了。"小姐爽快地说。

我立刻派人过去，把杂志拿回来。

可是，跟着就接到主编的电话：

"对不起！刘先生，您来电话的时候我不在，杂志收到了吧？我特别多送了两本，一共四本。"停了一下，她又说，"可是，对不起啊！我想知道是我们公司的哪位小姐，说您可以立刻派人过来拿。"

我愣了一下，说："有问题吗？"

"当然没问题，您要十本都没问题，我只是对工作伦理进行一种考核。"

我没有告诉她是谁，据说她还是查出来，做了处分。

事后，我常想，她何必这么计较呢？她计较最少有三个原因。

一、既然我找她要书，过去也都是由她跟我接触、采访，属下就该转告，而不该代她做主。

二、明明可以由她一句话，卖给我的面子，被别人莫名其妙地卖了。

三、好像送杂志不稀奇，小事一桩，人人能做主。结果，连公司产品的价值，都被贬低了。

不懂得工作伦理，在不该说话的时候说话、不该做主的时候做主，是社会新鲜人常犯的毛病。

你必须知道，无论你帮老板管了多少事情，也无论老板多糊涂，甚至依赖你，到了没你在，他连电话都不会拨的程度，他毕竟还是你的老板，也毕竟还是他做主。

出了错，他最先承担。有面子，也该由他来卖。

此外，你必须知道，老板永远是向着老板，就算在工作上对立，在立场上也一致。如同记者平常抢新闻，谁也不让谁。但是哪天有人打了记者，所有记者都会团结起来，枪口朝外。

所以，一个不忠于自己主管的职员，很难得到别的主管欣赏。当你卖面子，表示自己有办法，偷偷把自己公司的消息告诉别人，即使他得了好处，也不会尊重你，只可能窃笑说："这人最没城府，以后找他下手。"

他甚至会拿你的"傻"，来告诫自己的职员。

D-Day 攻击计划

> 没错！这社会是很诈。但你也要了解，那"诈"有
> 一定的伦理。

D-Day 就要来临了，整个部门的人都很兴奋，大家等着看好戏。

何止业务部，公司里其他部门的人也都拭目以待。看看耿经理怎么修理小邱，也看看邱总经理怎么护他这个"胡作非为"的堂弟。

其实从耿经理上任的第一天，大家就知道"有好戏看了"！

常春藤盟校博士，怪不得董事长一眼就看中。不但直接让他做经理，而且安排在这个弊端最多的部门。

"恐怕董事长根本就有他的算盘，"大家都这么猜，"不然何必摆到这个部门来呢？耿经理上任的第一天，又何必挑明了说'我这个人不讲情、只讲理，在我这个部门没有特

权'呢？"

当时大家就都把眼角瞟向小邱："你完了！你胡搞乱搞，就算有总经理撑腰，也要踢到铁板了。"

"只怕是那姓耿的，先踢到铁板吧？"小邱居然放出这么一句，照样搞他的。偏偏耿经理怎么疑心、怎么查，都查不出个道理。

中间也有些人偷偷塞纸条给耿经理，提供线索。令人不解的是，线索明明没错，真查起来却又错了。

每次看见耿经理满面寒霜地把小邱叫进去，过不久，又见小邱大摇大摆地出来。大家都摇摇头、摊摊手，心想：看样子，这董事长的心腹真踢到铁板了。

小邱的下巴愈抬愈高，声音也愈来愈大，动不动就说要去总经理那儿谈事，他还把耿经理放在眼里吗？

连其他部门的人都看不顺眼，下了班，大家一起对资料，像侦探一样查小邱是怎么做的。

皇天不负苦心人，有个老客户也看不过去，决定跟耿经理配合，揪出那个米虫。

眉目愈来愈清楚，真相终于要大白了。

今天，原定 D-Day 的前三天，全业务部的人都集合了。

每个人都心跳加快，每个人都有一股不吐不快的怒气，大家只等董事长来，就要一起递出辞呈。

虽然耿经理是升官，调到新开的分公司做总经理，但大家知道那是怎么回事。

这公司太没有公理了！每个人都在心底吼，我们干不下去了。

就在这时候，董事长笑吟吟地进来，总经理跟在后面。大家正要吼，却看见更后面的一个人——耿经理做出了阻止的手势。

"我知道大家舍不得耿经理走，对不对？"董事长倒是开门见山。

就听见一片如雷的呼应："对！"

"但是大家要知道，这并不是我或邱总经理的决定，是耿经理自己愿意接受那个挑战，到那边去挑大梁啊！"董事长转过脸看看耿经理。

耿经理居然笑着点头。

大家全愣了，有一种被出卖的感觉……

原定 D-Day 的后七天——

耿经理真走了，来了一位谢经理。

从听说，大家就想："完了！"谁不知道谢经理是邱总经理的同学，怪不得小邱把脚都跷到桌上了。

谢经理进门的那天，部门里没有任何欢迎仪式，只当没这个人存在。大家用低着头、不出声，表示抗议。

"我姓谢！请各位多指教！"

那谢经理倒知趣，主动一桌一桌地握手致意。握到的人也就"哦！欢迎！欢迎！"地意思一下。心想：你怎不先去跟地下经理小邱拜山呢？

瞧！小邱，手上耍着笔。长长的脖子，左扭扭、右扭扭，一副"人五人六"的样子。

谢经理终于走到小邱前面了。

"我姓谢！你是邱先生吧？"谢经理伸出手，敲敲桌面，"麻烦你现在收拾一下，你被免职了，今天生效！"

想一想

//

不知道你有没有听过这样的故事——

将军带兵纪律严明，多么亲信的人犯罪，都依法处置、绝不宽待。

某天晚上，另一部队的将军派密使来报："我们抓到一个强奸犯，依法应该处死，但是审问之后发现那是您的独生子。怎么办？"

将军一夜没睡，第二天早上亲自出马，直接去见那部队的领导。

将军没为自己的独子求情，只要求一件事——

"让我带回去，自己把他处死。"

这将军多狠的心哪！他怎会忍心自己杀死独生子呢！就算要处死，何不交给那个部队执行？

但是，你静下来细想想，这当中又有多大的差异！

"我的儿子犯法，我自己把他毙了，我是多么军令如山、大义灭亲的将军？我领导的威严只可能增加，对不对？"

相反地，如果任由另一个部队处置，儿子同样是死，由别的部队抓到，而且判处死刑，是不是使将军的颜面受损、威严扫地？

请问：

如果你是另一个部队的领导，你会不会同意将军领回儿子，自己行刑？

你当然也会。因为你知道，如果非坚持由"本部队"执行，你可能跟那将军结仇。

现在我们就可以了解，为什么董事长怀疑小邱有弊，安插耿经理去查，已经查出来了，却又阵前换将，交给新来的谢经理处置。

因为谢经理是邱总的人，自己的人犯错，由自己派人去修理，总比董事长的人去处置，来得不失颜面哪！

于是，你可以猜想整个事情的过程是这样的——

邱总眼看小邱的"弊"要曝光了，主动找董事长和耿经理商量：

"我这个堂弟是浑蛋，我认错人了，请给我个面子，由我安排人处理。我保证把他开革，比你们的速度还快、还狠。"

可不是吗？谢经理上台的第一天，根本没再调查，就把小邱开革了。

道理就这么简单，对不对？

如果你说对，你未免太天真了。

你怎不想想谢经理为什么动作那么快？

在你为谢经理叫好、喊爽的时候，可知道这里面正隐藏着更大的学问？

相信你一定看过这样的电影情节——

两个人一起在黑帮卧底，黑帮头头发现消息总是走漏，有一天查出来，是其中一人卧底，那人又跟另一个走得很近。

这时候，只见那还没被发现的人咆哮地冲过去，狠狠地又踢又打，搞不好还白刀子进、红刀子出地手刃了那个叛徒。

换作你，你能不先出手吗？

你等着看好戏？等着那叛徒被强刑逼供，最后把你招出来？

两个人死，不如一个人死，另一个还能继续卧底，不是吗？

好，让我们再回头看看小邱，看看邱总，也看看谢经理。

当邱总要谢经理"快刀斩乱麻"地把小邱开革，公司里人心大快了，有谁还会想：

等一下！等一下！案子还没查完呢！应该继续查，往上追，查个水落石出。

于是，表面上案子结了，其实业务部还是由邱总的人在搞，甚至可以说由"小邱"换成了"大谢"。

谢经理在上面，如果一手遮天，案子当然查不下去；当"风声过了"，再由谢主导，照小邱的方式来，岂非更方便？

现在你懂了吧！为什么邱总要用谢经理，而牺牲小邱。他又为什么没等案子完全查清楚，就动手。

你或许要问：难道董事长和耿经理这么笨，甘心就此罢手吗？

这时候，你又要更深一层想了——

当案子继续扩大，往上查出邱总也有弊端，如果你是董事长，你敢不敢把邱总也开革？把他开革，你公司能不"开天窗"吗？以他的资历，跑到敌对的公司，你能不受损吗？

所以董事长睁一眼、闭一眼地过了，也要耿经理就此放手了。

读到这儿，你大概会暗骂："这是个多么诈的社会啊！"

没错！这社会是很诈。但你也要了解，那"诈"有一定的伦理。

人际关系是纠缠在一块儿的。你无论是"前卡位""后卡位"，只要"位子"一动，四周的人就都得跟着动。所以真正有智慧的人，不能只求自己痛快。你必须在做任何一个大动作之前，都想想："我今天这个动作，会不会造成负面的影响？"如果你是政治家，更该想想："我这样做，会不会害了天下苍生？"

各位朋友，我们看到弊端一定要反映，否则社会怎么进步？公理如何伸张？

但是如果能用"渐进的改革"，取代"突然的变法"；能用"和平转移"取代"流血革命"；能用"大家赢"取代"一人赢"，不是更好吗？

想想：

作弊的小邱滚蛋了。

耿经理升官了。

董事长除去了眼中钉。

公司同人赶走了仗势的大浑蛋。

谢经理突然得个好差使。

邱总经理坐得更安稳了。

只要大家合作，防止小邱的弊端死灰复燃。

这不是比一路追查下去，造成公司大动乱，完满得多吗？

我不是教你诈，是教你认清别人的诈。

我不是教你诈，是盼望你在不得不耍诈时，也能有关怀、有包容。

PART 02

认清人性

我不是教你诈，是教你认清每个人，包括你自己的"人性"！

认清人性，
不可因为他们的好，
忘了他们的坏；
不要因为他们的恶，
忘了他们的善。

刘墉
人生三课

设计好，一步步来，
这是每个国家、个人，
甚至生物都懂的道理。

这世界上有些人是开"合理标",
有些人是开"最低标"。

怎么挖了这么多还是没有挖到水！

刘墉
人生三课

一个急躁的人，
怎么可能成大事呢？

要知道，人是非常敏感的。
他能抓住每个蛛丝马迹，
分析、对比，然后猜测、查证。

这事肯定是他干的！

坐在上边的那个位置
是什么感觉呢？

刘墉
人生三课

一个人似乎没了良知，
也似乎不看不听，
很可能不是"他"的原因，
而是因为他处的"位置"。

小至闾巷间的三姑六婆，
大到国际间的游说政客，
他们所赖以"呼风唤雨"的，
常只是像小尤一样，
偷偷得到的一点"小道消息"。

免费咖啡厅

> 设计好，一步步来，这是每个国家、个人，甚至生物都懂的道理。

"不得了！不得了！一楼要开店了！"

"太不像话了！明明讲好是纯住宅大楼，怎么能做生意呢？"

"快点召开管理委员会，叫那商店不准开张。"

管理委员立刻举行了紧急会议，连平常不太露面的几个人物也到了。这是黄金地段的名宅，岂容得乱搞？

一楼商家的尤老板乖乖到场，卑躬屈膝地频频向委员们致歉。

"道歉管什么用？你违反规定，就立刻关门！而且把你自己开的那个门重新封起来。你难道不知道，这是擅自变造外观，违法的吗?"主任委员义正词严地说。

"是的! 是的! 都是我不对。"尤老板猛哈腰，"怪我没先看清住户公约，就买了一楼。但是，各位，你们许多都是大老板，相信也能谅解生意人的苦处。我虽然开了个门，但是各位看得出，那门是非常讲究的，绝对不会破坏大楼的颜面，看起来跟住家一样。"

"笑话! 你挂了招牌，怎么会像住家?"有委员骂。

"哦! 招牌，招牌我立刻拆，我们只是个办公室嘛! 也不堆货，也不停摩托车，朝九晚五准时上下班，连访客都不多。拜托! 拜托!"对大家拱拱手，"各位给我一个月，大家看看，我们像不像个住家?"狠狠拍了一下自己脑袋，"都怪我挂了招牌，不然只怕半年下来，各位都不会觉得我们是办公室。"

委员们开始议论纷纷——

"那门确实做得不错!"

"要是真能不挂招牌，就让他试试。"

尤老板又堆上笑脸:"对了! 我们有三台影印机，如果各位有什么要印，请随时下楼，就像自己家一样，全部免费。"

不久，就见大楼里的太太、小姐、孩子，一个个往那

"办公室"里钻，孩子们还总笑嘻嘻地拿着糖果和铅笔跑出来。

尤老板也有时坐在管理员旁边，跟每位进出的住户打招呼：

"欢迎到我们公司影印。不要钱，自己人嘛！"

夏天，"办公室"旁边伸出了一个大大的通风管，有人抗议，那管子立刻缩小了些，大家也渐渐看顺眼。

"也难怪他，原来的窗型冷气机太小，我上次去影印，都快热死了。"连大楼主任委员的太太都这么说。

尤老板的外交是更进步了，不但免费影印，还有免费咖啡，甚至特别买了一组欧式沙发，请大家聊天喝咖啡。有时候，"来访"的住户多，还不得不站着等，等前一组人喝完了，再入座。

为此，尤老板又进了两套沙发。煮咖啡的机器，也换了更新式的。居然还会做 Cappuccino（卡布奇诺咖啡），香极了。

"这是我朋友，听说你的咖啡香，特别慕名而来。所以他的咖啡，你不能请，我们一定要付钱！"有住户坚持。

"哪儿的话？您朋友的钱，我不能收。外面不认识的，还差不多。"尤老板硬把钱推回去。

尤老板对"外面人"确实不客气。非但收钱，而且不便宜。想想也是当然，寸土寸金的大楼里，移走好多办公桌，又买那么高级的桌椅，当然得卖贵点。

偏偏人还愈来愈多，害得尤老板不得不把地下室拿来招待客人。

"总不能不上班嘛！对不对？"尤老板对大楼里的熟朋友摊摊手、耸耸肩，"来来来！我新弄到一瓶三十年的好酒，请大家品品。"

好酒配好菜，太过瘾了！

好菜是小厨房里新炒的。

转眼距尤老板办公室开张已经三年了。

三年，交了不少朋友，也多了不少客户。

夜深人静的时候，常见些高贵人士，匆匆赶来，又成双成对地跳上车。

住户换了不少，据说许多人是赔钱卖的。那些新来的住户，常彼此探询：

"到底怎么回事？这么高级的大楼，怎会容许楼下有这种营业？"

想一想

//

确实，这么高级的大楼，又有那么多当初强力反对的管理委员，怎会弄到这步田地？

道理很简单：

因为碰到一个更高明的尤老板。他既懂得蚕食、分化，又懂得腐化。

他知道如果一下子露出尾巴，挂起酒廊的招牌，一定立刻被封杀。他甚至知道不能突然装个冷气的通风管。

他也知道人们是贪小利的。那些乍看不顺眼的东西，看久了，就能变得熟视无睹。

于是，他设计好，一步一步来。即使有一天，他不想做了，把一楼和地下室当作可营业的店面脱手，也会比原来买"一楼住户"的价钱高得多。

设计好，一步步来，这是每个国家、个人，甚至生物都懂的道理。

孩子们明知道，父母规定晚上十点钟以前一定要回家，偏偏就拖过十点，一次骂、两次骂，只要有一天，父母不再骂，就表示这规定放宽了。

所有的禁忌、规定、尺度、原则都可以用"慢慢偷渡"的方式来打破。

只要你不干涉，就是默许；只要你没察觉，他就得到既有的利益；只要他稳住这一步，就开始下一步。

于是蚕食到最后，成了鲸吞。

正因此，你会发现，球员在场上，常为是否"越位"，或是否"带球撞人"之类的事，跟裁判争。

谁都知道，裁判既然判了，就很少会改。但是，如果你仔细观察，常发现，在球员抗议之后，裁判多少会比较小心，甚至突然变得对"相对的"那方判得较严，好像有意表示自己公正，或"还你一个公道"。

做生意也是如此。记得我某日去拜访一位商界的朋友。

我们正聊天，他的职员突然进来报告，说："明天是月结日，可是有一位厂商，今天急着要跟我们进货，希望算下个月的账。行不行？"

"不行！"我的朋友斩钉截铁地说，"告诉他，如果你答应他，你今天就走路了！"（也就是会被开革的意思。）

"只差一天，何必说得那么绝？"我笑道。

"只差一天，他何不等明天叫货，而非要今天送？"我的朋友答，"今天他要求你让一天，明天要求你让两天。到后来，这生意还怎么做？"

我非常欣赏他的这几句话，尤其是他说：

"防微杜渐，既为我好，也为他好。"

为什么？请看下一个故事。

当蜜月过去的时候

> ▎ 结果，你不但失去了钱，也失去了朋友。

"喂！"一听是魏老板的声音，康老板心里就笑了。果然吧！他要添货，而且急如星火。少不得要调侃他两句：

"早告诉你，一次多进点，保证好卖，你不听，现在我就算给你赶工做出来，也得两个礼拜。"康老板停了一下，豪爽地笑笑，"好好好！看在老交情，我先调一批现成的，立刻给你……上一批的钱？还怕你跑了吗？跟这次一块儿算吧！"

东西立刻运了过去。没两个礼拜，魏老板又要货了。

"前账没清！"兼管账的康太太提醒先生，"我们不能给他，先叫他把前两笔钱汇来再——"

没等太太说完，康老板就挥挥手："他要是敢赖，以后还要不要跟我们做生意？先给他吧！谅他跑不掉。"

一大批又运了过去。听说魏老板亲自去机场接货，他抓到这种新产品，可真是赚了。

过了一个月，又接到魏老板的订单。

"他前三笔货款清了没有？"康老板看看自己的老婆。

老婆摇头。康老板立刻拨了电话。

"康老！您来电话，正好，我正要向您报告，最近为了您这新产品，我们公司连会计小姐都出动了。整夜打包、邮寄，结果什么都误了。能不能等这阵子忙完，立刻给您奉上？"魏老板显然正在忙，直喘气。

"好吧！"康老板笑嘻嘻地挂上电话，又对太太摊摊手，"他说他为我们的东西，快忙死了。就先给他吧！"

东西又运了过去。

只是，一天，两天，一个月，两个月，都再没消息。倒是听说因为市场上出了类似的东西，便宜得多，把市场全搞乱了。

康老板也打过好几次电话去催，魏老板先还自己接，说说生意难做，下回款子一收齐就汇过来的话。后来，则连人都找不到了。

"难道魏老板跑路了？"康老板托朋友去打听。

"他没跑路啊！虽然生意没前些时候好，可还在卖你的东西。"

朋友回电。

"卖我的东西？"康老板抓抓头，"他好久没跟我进货了啊！"

"听说他跟别人买你的货。"

"跟别人？"康老板更糊涂了，"我是制造兼批发，难道他多花钱，绕个圈，跟别人买我的东西？"

想一想

//

康老板还没想通的事情，或许你已经想通了。

为什么魏老板宁愿绕圈子？

因为他欠康老板的货款太多了，当他打电话叫新货的时候，也正是他必须面对旧债的时刻。这就好比朋友向你借钱，他借一次小钱，你不催他还；他再借，你还不催讨。当他愈借愈多，不再有脸向你借。

他开始避着你。

结果，你不但失去了钱，也失去了朋友。

想想，如果你在朋友欠你小钱的时候，就趁他领年节奖金，暗示他还，甚至故意做个低姿态，说自己出了点事，急需。

钱的数目少，拿出来轻松愉快，他当然会还。

如此，有借有还，朋友之间既有"通财之义"，也有"还钱之信"，永远是好朋友，怎会沦落到避不见面的地步呢？

俗话说得好——"债多人不愁"。

债多而不愁的人，不是没有能力还债，而是"一翻两瞪眼"——要钱没有、要命一条。他由拉下脸来借钱，到拉下门来躲债，最后则是拉下自尊赖皮。

失败到绝望的时候，就自暴自弃，这是人的天性。不论做生意、带下属、交朋友，希望能有君子之交，就要时时注意"怎么维护对方的自尊"。

对的！对方的自尊要你来维护。

当你发现下属财务上有小毛病的时候，无论是公司的财务，或他与同事间的财务，你都应该想办法"了解"，甚至帮他拟出计划解决。

否则，你就可能失去一位下属，搅乱一个大办公室，或被卷款潜逃。

当你跟合伙人正"发"得昏天黑地的时候，要趁这春风得意时，把账弄清楚。

否则，当市场冷下来，心冷下来，面孔也可能冷下来。许多"能共安逸，不能共患难"的结局，都是这样造成的。

回头想想，难道魏老板从一开始就想赖账吗？

当他卖得正好，供不应求的时候，为了货源供应，他会不乖乖付清货款吗？

当他生意兴隆、财源广进的时候，他又可能付不出钱吗？

相反地，赚的时候不立刻付清货款，等到生意"慢下来"，欠债愈积愈多，情况就不一样了。

这世上无论进化或腐化，都是慢慢发生的。唯有建立制度、情理分明的人，能够像设有红绿灯和安全岛的道路，不但走得快，而且少出事。

记住！农业时代，那种"一诺千金"的时代过去了，要做长久的朋友、长久的生意，你要有维护对方尊严的技巧，与绝不妥协的原则。

后来居上的小董

> 想让自己成功，先得了解人性，为别人着想。

自从知道王副校长要回国，小丁、小石和小董就兴奋起来。

虽然王副校长已经退休了，但谁不知道那个"东山实验室"是他一手搞起来的。天哪！谈到东山实验室，哪个研究激光的人，能不竖起大拇指？

当年在研究所的时候，三个人就梦想有一天能去"东山"，却又听说东山只接受自己人推荐，外人根本打不进去。

现在机会终于来了！

王副校长回国跟着女儿住。那女儿"把关"把得很严，说她老爸身体不好，不能被打扰。三个人拨了许多次电话，又写了好几封信，才终于有回音。

"不要谈太久。"进门时，那女儿冷冷地说，又指指鞋柜，意思是："你们的礼物，就放在上面好了！"

王副校长倒是位和蔼可亲的老人，颤抖着手，招呼三人入座，还亲自打开糖罐，请大家吃。

"我这老关系，还不知管不管用哟！不过最重要的是论文，你们把过去写的东西都拿来，我帮你们寄过去，试试看！"老先生豪爽地笑道，又抬头看看站在门口的女儿。

"您该吃药啦！"女儿拉长了声音说，跟着过来把老先生扶了进去。

"把东西送来、把东西送来……"老先生边走边回头。

第二天，小丁就把厚厚五本著作，跟重重两篮水果，送交王小姐。

第三天，小石也备齐了一摞论文和专著，交给王小姐，并奉上一千块钱邮费。

又过了一个多礼拜，小董才总算把资料弄齐，他自知东西有限，比不上那两位同窗，所以临时又凑了些，订起来，倒也是四大本。

拿到邮局称了称，买了个航空包裹的纸盒子，先贴足了邮票，送去给王小姐转交。

"你可真慢，你两个朋友的东西，我早寄走了，你才来。"

"不好意思！不好意思！"小董直赔礼，心想："这下完蛋了！"

没想到，小董不但没完蛋，而且不久之后，就收到了回音，说东山正缺一位研究员。

"一位？"小董愣了一下，"难道小丁和小石都没入选，却选上了我这个最弱的？"他照信上的电话号码，拨电话给东山的主任。

主任对他表示了欢迎之意，还请他代向王老博士致意。

临挂电话，小董好奇地问："不知道我那两位同学……"

"哦！石先生和丁先生是吧？"主任停顿了一下，叹口气，"唉！他们真杰出，只是东西寄到，已经太晚了……"

想一想

//

小丁和小石明明比小董强，为什么反而落选了呢？

他们不是早早就把东西送去，怎么反而后寄到呢？

毛病出在哪里？你想通了吗？

如果还没有，就先看看下面这个真实故事——

我有位朋友，总接某家公司的生意。大家都说那家公司办事特别慢，一份文件可以旅行好几个月。

我这位朋友却办事特别快，常常别人的东西还压在承办人的手里，他的案子已经一关、一关送上去，批下来了。

你猜是什么原因？

请不要想歪了。我这位朋友绝对没行贿，如同小董，规规矩矩做事。但他为什么办事特别顺呢？

如果还没想通，请再看一个故事——

有一阵子，每次我叫装订厂装书，如果当时印的是三千本，只要没有少交货，我就照三千本付钱。

装订厂很不错，他不但多半如数交货，而且常多装出一二十本。这是因为印刷时总会多印一些，凑起来，便能多出一些。

我后来觉得不好意思让装订厂免费装那一二十本，就告诉他们："以后装来几本，就算几本钱，装三千零二十一本，就给三千零二十一本的钱。"

妙不妙？从那时起，他们常一次多装出上百本，甚至主动告诉我：

"下次只要某页到某页加印多少张，加上前次多下来的，我就能再装出一批给您了。"

现在，让我们回头看看这几个故事。

小丁和小石虽然除了厚厚的著作，还送了礼物和现金，为什么东西反而寄得慢呢？

道理很简单——

小丁的水果，她已经收下了，水果不能换现金，王小姐要寄，就得自己掏钱（或用她老爸的钱）。能为他"水陆"寄去，已经很不错了！

小石的钱，她也已经收下。入了口袋就是她的，想想，这么厚一摞论文，能省省，用水陆寄不也很好吗？

小董的东西，还真体贴，用盒装好，连贴航空邮票的工夫都省了，推荐函往里一塞，扔到邮局，就成了。

结果，当然是小董的东西先到。

至于我那位朋友，他的"神通"也很简单——

他发现办事人员拖，常是因为本来就忙，还得花许多时间去了解整个案子。有时办事员的文笔差、了解不深入，非但写得慢，而且写得差，结果明明可以办成的事，反而被打回票。

于是，他干脆每次都言简意赅地把整个案子的要点、得失，甚至利弊，先拟好一份"像是呈文"的东西，送去请办事人员参考。

那办事员一看，东西写得又好又客观，何乐不为，常照抄呈上去。

他的事情当然办得又快又顺。

至于那位装订厂的老板，以前他多为我装一本，等于他自己多贴一本的工钱，那多装的一二十本，是卖面子。

面子不能永远卖，就算卖也有限哪！

但是当我如数付钱的时候，情况就不一样了——

他多装一本，就多一本收入，哪个生意人不希望多做些生意呢？

他当然会努力做！

人们失败，常因为不能替对方想。

许多人写信，不但龙飞凤舞地签名，而且龙飞凤舞地写地址，他以为自己滚瓜烂熟的地址，也应该是别人熟悉的东西，岂知，可能因此而接不到回信。

许多人在投稿时，也字迹潦草。当他写一般文句的时候，上下文串起来，主编还能"猜"到，但是当他写地名、人名或专有名词的时候，难道还要忙碌的主编去翻百科全书吗？

他常因此被退稿。

相反地，你会发现于右任和张大千，虽然当他们挥洒时，常写出难认的字，但为人写招牌、匾额的时候，却总是一"笔"不苟。

禁烟的餐厅，会在桌上放烟灰缸，免得那些拿着烟进门，或点起烟才"发现"的人，因为没地方熄灭烟头，而在桌面上拧，脚底下踩，弄得更为脏乱，甚至扔进垃圾桶，引起火灾。

聪明的旅馆，会在每个房间准备一块擦鞋布或"石蜡鞋擦"，免得房客找不到东西擦鞋，而用浴巾"解决"。

精明的商人，会在要求回信的 DM 信封上，印"广告信函，免贴邮票"，以免原本要回信的人，因为一时找不到邮票，又懒得跑邮局，而"石沉大海"。

他们都像是多此一举、自找麻烦。

他们也因此，都比较容易成功。

记住！

想让自己成功，先得了解人性，为别人着想。

好个豪爽的大汉

> 这世界上有些人是开"合理标"，有些人是开"最低标"。

"醒醒！醒醒！"太太把小郭摇醒，"外面好像有动静。"

"什么动静？"小郭坐起来听，"没什么啊！下雨的声音嘛！"

"不对！我觉得外面有人。"太太居然先溜下了床。

小郭赶快也跳下来，轻手轻脚地走到门边，把耳朵贴在门上。

"是水声，你忘了关水龙头？"说着拉开门，才把脚探出去，就吓得缩了回来。

满地都是水，还一波波地由书房往客厅流。

冲进书房，就更惨了。两条水柱从日式天花板上往下淌，书桌、书架全泡汤了。

第二天一早，小郭就急着拨维修工的电话，但不是没人接，就是没空。尤其听说是瓦顶，更没几家有兴趣，一路照着电话簿上的号码拨，拨了二十几家，只有三家说来看看。

最先来的是个白脸的年轻人，慢腾腾地从车里拉出梯子，搭在房檐上，嘴里叼着烟，爬上去。伸出两根手指，翻起边上一块瓦，往里瞧两眼，就下来了。

靠着梯子继续吸烟，吸完，把烟屁股一弹，手挥了挥："全烂了！这一大片，连瓦带木头，都得换。"又歪头想了想："十万块，我包！"

郭太太倒抽一口气："什么？一点漏，要十万块？"敷衍了两句，跟着打电话给丈夫："一个不学无术的年轻人，胡乱开价，我把他打发了。"

接着来了一位老阿公，腰都弯了，爬梯子的样儿像只老猴子。

老猴子居然上去了，走过来，走过去，又东敲敲，西敲敲，郭太太直捏冷汗，怕老猴子摔下来。

一边喘气，一边摇头，老阿公从车里拿出个本子，填了些数字，又在旁边算了半天，说："我自己给你做，最少要九万，因为瓦下面的木板和油毛毡都烂了，不换不行。"又把那张估价单交给郭太太："要做就早告诉我，还得去买材料。"

老阿公走了，郭太太拿着估价单，左看、右看，看不懂，除了扭来扭去的数字，还有一堆日文符号。

"这老家伙，要的大概是日本价钱。奇贵。"小郭下班回来说。

"是啊！而且那么老了，自己都该被修理了。"太太笑笑。

正笑着，门铃响了，是个大汉，从屋里就见个光亮亮的脑袋，由门缝透出来。

幸亏夏天黑得晚，大汉又高，趁着灰灰的暮色，只爬到梯子一半，往屋顶上摸了摸。又跳下来，到房子另一侧，站在地上张望一下。

"别人说的也不错！"大汉倒爽直，"不过，他们有点夸张，虽然有些烂掉的地方，补补就成了。对吧？"大汉咧嘴一笑，"大家都改建了，相信你们也不打算再住三十年，所以能维持个七八年，也够本了，对不对？"

"对！对！对！"小郭两口子，异口同声地附和。

"给这个数吧！算结个缘！"大汉伸出大大的巴掌。

小郭立刻下了订金，还拍了拍大汉："你这个朋友，交定了！"

性情中人，果然不同。第二天，两口子还在睡觉，突然被外面啪啦啪啦的声音吵醒。原来大汉已经爬上去拆瓦了。

"给他买份早点，中午再买个便当。"小郭出门，还叮嘱老婆，"照他这么快，大概一天就弄完了。"

只是下班到家，半边瓦都拆了，却是太太和大汉俩人，正站在院子里发呆。

"我们正等您呢！"大汉热情地迎上前，又把梯子扶好，请小郭爬上去，在下面喊：

"郭先生，您看看！有白蚁！这下头木板全烂了。"

"我也看过了！"太太在下面说。

把小郭扶下梯子，大汉叹了口气："不换，也能勉强对付，只是我怕瓦重，哪天垮了，伤到人。"

小郭沉吟一阵，抬起脸："如果换，要多少钱呢？"

"交个朋友，我不打算赚您一文，就给个材料费，加上我找助手的工钱。"大汉又伸出他的巨灵掌，翻了那么一下，"您再加个……"

"五万？"

"您这是跟我开玩笑了！"大汉哈哈笑了起来，"就加个十万，一共十五万，算结个缘吧！"

想一想

//

你猜小郭做了没有？

他能不做吗？屋瓦已经掀了，下面烂掉的木板也摊在那儿。大汉没说假话，有眼睛的人，都见得到啊！谁敢冒被压死的危险，而不去修呢？

你猜大汉是不是起初确实没有看出来？还是他先装傻，或者"轻报病情"，等你让他"开刀"，把肚子剖开来，才大叹一口气，说"小手术要变大手术了"？

答案，请你自己想。但我必须强调，这世界上有些人是开"合理标"，有些人是开"最低标"。

开"合理标"的人，先算好大约应该需要的工本费和利润，来投标的人要价过高，他固然不取。如果报价太低，他也不取。道理是——那么低的价钱，不可能做得好。

至于开"最低标"的，则是只要东西看起来差不多，谁算得便宜，就买谁的。岂知生意人往往看准这一点，先以最低价抢下这笔生意，再一步步要你追加预算。

"对不起！物价上涨了。"

"对不起！碰到流沙层了！"

"对不起！我这样做，一定自己先倒，我做不下去了。"

碰到这种状况，你是拿"约"修理他，还是妥协？何况许多民间的交易，像小郭的屋顶，根本没签什么"合约"。

牛马逃亡记

> 一个人似乎没了良知，也似乎不看不听，很可能不是"他"的原因，而是因为他处的"位置"。

"姓牛的！姓马的！你们做牛做马啊？半夜不睡觉，干什么？"

"姓毕的！姓崔的！给我闭嘴，小心我修理你们！"

"101、102！你们又吵什么？"狱警冲过来。

"101 半夜不睡觉，搞些奇怪的声音，吵得我们没法睡！" 102 的小毕和小崔，向狱警告状。

"搞奇怪的声音？"狱警转向 101，"你们搞什么鬼？"说着打开对讲机。没半分钟，赶来了一群狱警。

"站到一边去！"狱警打开 101 囚室的门。另外几个狱警则冲进去检查。床褥被翻开了，墙上挂的图片被一张张撕下来，马桶被摇了又摇，窗子四周也做了详细的检查。不过都没问题。

"下次半夜再吵吵闹闹，把你们全关'黑房'！"狱警把门锁好，对着 101、102 吼道。

小马和小牛吓得面无人色。他们倒不是怕关"黑房"，而是怕被发现。所幸刚才反应得快，又伪装得好，不然这两个多月的努力就白费了。

只剩下最后一块砖，把那块砖挪动之后钻出去，顺着水管爬到地面，再扒在车子底下混出门，小马和小牛就自由了。

正因此，他们最近加紧赶工。偏偏隔壁 102 的小毕和小崔总是找麻烦，今天差点坏了大事。

晚上两个囚房的人都没睡好，早上见面也就分外眼红。你瞄瞄我，我瞄瞄你，一言不合，大打出手。

四个人全关进了"黑房"。

三天之后，四人被放了出来，由狱警押回 101 和 102。只是，站在囚房门口，四个人全傻了。

"你们不是合不来吗？好！看看你们有多合不来。进去打吧！"狱警笑道，"小马、小毕回原来的囚房。小牛和小崔调换！"

小马和小崔进了 101，小牛和小毕进了 102。这狱警多毒啊！把两组死对头，分别关在一起。

全监狱的人，都等着看好戏了："非出人命不可！"

可是一天、两天、三天过去了，居然没传出一点声音，倒是从第四天开始，夜里又有些声音，从 101 传出来。

"小马哥！小马哥！你还在搞哇！"小牛隔着墙壁压低了嗓门叫，"你难道告诉那个浑蛋，要带他一起走啊？"

"小崔！你这个忘恩负义的东西！"小毕也喊，"居然跟那个姓马的浑蛋合作，小心我剥了你的皮！"

小马和小崔都不吭气。最后一块砖终于松动了，就在第六天深夜，大家都熟睡的时候，两个人钻出去，溜下了水管。

只是才落地面，就被埋伏好的狱警抓个正着。两个人罪加一等。小毕和小牛则获得了嘉奖。

想一想

//

这个世界上，很难说有永久的朋友和永久的敌人。

当原先的"互利"变成"互害"，在利益上有了冲突，则原来的朋友可以变成敌人。

当原来的"敌对"，变成"对话"，在利益上可以结合，则原先的敌人可以成为朋友。

此外，当一个人的立场改变，也会造成变化。譬如一群从小混帮派的"哥们儿"，当其中有人进入警校，成为警察之后，跟原先的"哥们儿"的关系，可能即刻成为对立。

连在学校里，许多老师（或同学）都会故意把那最顽皮的学生选为"纪律委员"。也就这么妙，从当上纪律委员，那顽皮学生可能立刻就不顽皮了。非但不顽皮，而且会去纠察原来跟他一起捣蛋的同学。

　　了解这一点，你在批评任何人之前，都应该想想，是他这个"人"与你对立，还是因为他今天的职位和立场，使他不得不与你对立。进一步想，如果有一天，他卸下这个工作，是不是问题就解决了。

　　这就是所谓"对事不对人"!

　　要知道，每个人都有良知，每个人也都有眼睛会看，有耳朵会听。一个人似乎没了良知，也似乎不看不听，很可能不是"他"的原因，而是因为他处的"位置"。

　　正因此，战争结束，我们惩罚的是后面的领导者，而不是在前面杀人的士兵。

　　记住! 在这世界上，每个人的立场都可能随时改变。连施韦泽这样伟大的医生，都因为出生在德国的阿尔萨斯，而在一次大战时，从他行医的非洲，被法国人押进俘虏营。

　　要知道，阿尔萨斯距法国边界只有一点距离，它在施韦泽出生前五年，还是法国的领土呢! 只因为生的地方不一样，就造成立场上的敌对，是多么可悲的事!

　　所以，一个成熟的人一定要知道——在看别人立场的时候，不可忽略那个"人"。绝对不要用立场否定"人"，或否定"人性"。

　　因为有一天，你也可能换成对方的立场。如同前面故事中的小牛和小崔，你原来的朋友，一下子成了敌人，你原来的敌人，又一下子成了朋友。

小心留下脚印

> 要知道，人是非常敏感的。他能抓住每个蛛丝马迹，分析、对比，然后猜测、查证。

奇怪！已经过二十分钟了，为什么陈老板还没到？他一向很守时啊。李老板心想，接着拿起电话，拨过去：

"喂！我是李老板，跟你们陈老板有约，他出来了吗？"

"他早走了，急着到工厂去了。"

"急着到工厂？"李老板放下电话，有点纳闷。中午吃饭的时候，跑去工厂干吗？难道最近这批货出了问题？立刻从电脑上看库存，可不是吗？前天就该进来的货，为什么今天还没到？

李老板把脚放到桌子上，一边竖着耳朵听陈老板进来没有，一边推敲这件事，突然飞快地把脚放下来，将电话拨给工厂。

接电话的是康厂长。

"康厂长！老陈走了吗？"

"走了二十多分钟了。"

"事情解决了吗？"

康厂长好像一怔，隔了两秒才答："解……解决啦。"

"喂！老康！"李老板把声音沉下来，"我可不跟你开玩笑，有毛病的东西，我一定退件。"

"能改啦！能改啦！我们正在想办法改。"

"改？怎么改？"

"外壳拆下来，把多的那一分磨掉，再装回去。"康厂长的声音居然有点发抖，"您放心啦！一定看不出来。"

"看不出来？我今天下午就过去看。"李老板吼了回去。

才挂电话，就见陈老板笑嘻嘻地走进来，还一边拿手帕擦手，敢情刚上完洗手间。

"对不起！对不起！"陈老板一边挥手，一面不断摇头，"无巧不巧，临时来了个美国客户，把时间耽误了，今天罚我请客。"

陈老板也真够意思，本来说到旁边随便吃点，现在特别由他请，到泰国鱼翅餐厅。

先上排翅，再上鲍鱼，接着"咖喱瑶柱"和"翠玉丝瓜"，新鲜水果之后，还有高级甜品。

"害你破费了，真不好意思。"李老板一边品尝燕窝雪蛤，一边笑着对陈老板说，"不过你也真该补补，你最近太忙了。"

"是啊！是啊！"陈老板直点头，"忙死了！"

"那多一分的问题解决了吗？"

"什么多一分？"陈老板的汤匙"叮"的一声撞到碗边。

"哎呀！"李老板伸手过去，拍拍陈老板，"咱们是老朋友了，对不对？我今天找你，原来打算再跟你多订一批货。可是……可是做生意讲诚信。你老兄就算知道我没时间亲自验收，也不能把出了毛病的东西，浑水摸鱼往我这儿塞啊。"

陈老板的脸一下子白了，又红了。

李老板摊摊手："你把多出的那分磨掉，装回去怎么说都不是十全十美的，对不对？"

"是的！是的！"

"这么办吧！这批货我先去检验，看老朋友的面子，如果还过得去，我照七折收。"李老板又拍拍陈老板的手，"至于下面那笔大订单，就等这批货处理完再谈吧！"

想一想

//

请问，陈老板会不会让步，乖乖打个七折。

那批出问题的货，只要磨一磨，装回去，不"非常小心地比对"，谁也看不出来。李老板要不是听说，绝不可能发现。

陈老板为什么会甘愿照七折卖呢？他很可能赔钱哪！

因为正如李老板所说——

做生意，讲诚信。出了问题，就是出了问题，不能浑水摸鱼、混过关。

更有一个原因——生意不是一天的，今天这件事搞砸，以后的大订单可能全砸了。

原来不会出问题的事，怎么会落得这个下场？陈老板该怪谁?

怪康厂长做错了东西,又被李老板套出了实情?

还是只怪某人多说了半句话:

"他早走了,急着到工厂去了。"

老板不在办公室,你有必要跟外人说他到哪里去了吗?

问题是,这社会上有多少人,就不懂得少说这么"半句话"。

只要说"对不起!他现在不在位子上"的情况,有必要讲"对不起,他去上厕所了"吗?

只要说"对不起,他二十分钟就会回来"的情况,有必要讲"对不起!他去银行结汇"吗?

要知道,人是非常敏感的。他能抓住每个蛛丝马迹,分析、对比,然后猜测、查证。而许多事情被"搞砸",或被拆穿,都因为旁边人一句"无心之言"——

爸爸的朋友打电话找爸爸,小孩说:"爸爸刚出门,去银行存钱。"

偏偏那朋友是要找爸爸借钱。

"对不起,我最近也很紧。"爸爸这样回那朋友时,对方冷冷撂过来一句:"你不是才去银行存钱吗?"

公司的客户打电话找老板。秘书说："老板出去打球了。"

接着那客户用大哥大找到老板，老板推说："对不起，我这阵子都忙。"

那人便冷笑一声说："是啊！正忙着打球吧！"

我有个朋友，找与他往来的下游厂商，对方公司的人说："他不在，去炒股了。"

我这朋友居然不愿意跟那人增加生意往来的额度，理由是——

他上班去炒股票，一定炒不少，哪一天倒了，一定跳票。

有个商场上的朋友，只因为听到承包工厂的业务员去向他收款时的一句话："最近公司多添三部机器，偏偏又不景气，所以以前不接的生意，现在也得接了。"

这朋友跟着打电话给那工厂的业务经理说："听说你最近给新客户的价钱都降了，为什么不主动通知我，你是欺侮老客户吗？请你重新估价。"

那公司的业务经理被抓住小辫子，搞不清是哪家走漏的消息，又得罪不起大主顾，只好重新估价，居然一下子降了一成。

让我们回头看看这些故事。

请问，那许多公司的人，能知道问题出在哪里吗？

也让我们检讨一下，是不是我们常有个毛病，就是在回答"我不在"或"他不在"的时候，多加一句"到哪里去了"？

岂知仅仅这么一句多说的话，就造成了变天。

在一个治安败坏的社会，每个小朋友都应该学会说"爸爸妈妈现在不方便接听，请您留下电话"，而不是毫不隐瞒地说"爸爸出去打球，妈妈出去买菜"。

在这个手机普遍的时代，每个主管都应该知道除非必要，只需要说"我出去，下午四点回来，有急事 call 我"，而不必说"我先去某处吃饭，再去某处拜访客户"。

在这个商场如战场的时代，每个人在学说话之前，先要学会"哪些秘密不能说""哪些事情不能问""哪些价钱不能讲""哪些电话不能给""哪些行踪不能透露"。

记住：

你要是不说话，别人不会当你是哑巴。

你要是多说话，别人一定知道你是个好骗的傻子。

第五纵队成军记

> 一个急躁的人，怎么可能成大事呢？

"把门带上！"总经理指了指门，又指了指椅子，"你坐！"

小葛的心开始狂跳，没有任何迹象，自己又做得很好，不会有什么不幸的事要发生吧？可是，总经理为什么这么严肃的样子呢？想起刚才离开办公室的时候，秘书王小姐也用很奇怪的眼神盯着自己。

"是啊！如果不是有什么大事，总经理怎么会突然叫我上来呢？"

正想着，总经理清了清喉咙，开始说话了：

"你有没有注意到，最近公司十楼，正在重新装修？"

"是的！是的！"

"因为公司要成立一个新的研究发展部门，表面看，跟你现在负责的部门平行，实际要高一层，甚至可以说，在未来可能成为决策单位。"

"是的！是的！"

"也可以说这个单位要直接对我负责，也直接由我管。"总经理站起身，看着窗外，"我一直没对外说，连董事长都没讲。"他突然转身，眼睛射出两道光，"我觉得你不错，信得过，打算把你调过去负责。也可以说，以后你就是我的耳目，你要把公司的一切状况汇集了，向我报告。我想，你了解我的意思，在我下达人事命令之前，不能对任何人说，连我的秘书都不知道。更甭说我太太了，她如果告诉董事长，就轮不到你了。"

"是的！是的！"

小葛临出门，总经理还用食指在嘴上比了个手势。

"这下子，我成红人了！"电梯往下降，小葛的心却往上升。想想总经理身边，全是他太太娘家的人，现在"开始有好戏看了"。

"而这好戏的主角之一，竟是我！"小葛笑了起来。

不过进自己办公室时，小葛还是把脸板下。王秘书虽然追着问，小葛也只摇摇头。

当天下班，他没走，清了清抽屉，把不用的东西全扔了。连那个厂商送的"不上路"的台历也扔了。

"笑话！在那个大办公室里，怎么能摆这种屁东西？"提到大办公室，小葛的心跳又加快了。看办公室人都走光了，溜进电梯，直按十楼。

十楼还是灯火通明，几个工人正在油漆，总务室姜主任也在场。

"大兴土木，要做什么用啊？"小葛故意问。

"不知道！总经理交代的。"姜主任摊摊手，又一笑，"您该知道吧？听说今天他找您上去过？"

小葛心一惊，忙说："没什么大事！"就匆匆下楼了。

第二天，一早就把王秘书叫来训了一顿。

"是不是你说的？为什么连姜主任都知道总经理找我？"

"姜主任？"秘书愣了一下。

"总务室姜主任！"小葛沉声说，"昨天他在十楼问我。"

"十楼？"

"不要提了！"小葛把秘书赶出去，又叫了进来，"记住！什么人问，都不要说，就说你不知道。你如果想跟着我，就嘴紧一点，吃不了亏！"

大概为了表现，王秘书下班也没走，先帮小葛复印几份重要的文件，又收拾了自己的抽屉。

"你收拾东西干什么？"小葛经过时，笑嘻嘻地问。

"您不是也收拾东西吗？"王秘书歪着头笑笑。

"要不要到十楼看看？"小葛指指上面。

"好哇！"王秘书高兴地跳了起来。

电梯在十楼停下，门打开，吓一跳，正碰见董事长，笑呵呵地进来，后面跟着总经理，还有总经理夫人。总经理夫人直喊："爸爸慢走！爸爸慢走！"

又隔一个礼拜，小葛的"资料"已经准备齐全了，他知道这些报表都是将来分析的利器，他要好好为总经理争一片江山。

果然，人事命令发布了——

公司新成立研究发展部，由原业务部方经理接任，即日起生效。

想一想
//

小葛为什么空欢喜一场？是谁破坏了他的"好事"？

当然是董事长！

董事长原来不是不知道吗？是谁走漏了风声？

小葛没说，王秘书没说，总经理更不会说。是谁说的呢？

世上的情形就这么妙。你会发现人们似乎有一种特殊的第六感，把那些蛛丝马迹设法联想在一起，开始猜、开始问，并且由对方的反应中归纳，最后得到结论。

所以，你再细看看前面的故事，就会发现，小葛确实什么都没说，但却用行动说了。他干吗收拾东西？又何必上十楼？非但自己收拾，秘书也收拾，还带着秘书一起上楼。就算董事长没从姜主任那里听说，而出面阻止，只怕总经理看到这种情形，也不会再用小葛。

一个急躁的人，怎么可能成大事呢？

你会发现，人事案最忌提前走漏，有时候上面已经决定了，第二天打算发表，只因为今天被记者打听到，上了报，这案子就突然被压下，或是半路杀出个程咬金，换了人！

你或许会想：这主事者的心胸不是太小了吗？

其实他不是心胸小，这当中的原因可大了，即使有一天你成为"主事者"，你也会这么做。

为什么？

为了避免困扰！

想想，如果你知道有个自己觊觎已久的职位将补缺，而传言中的人选不是你。你会不会尽一切力量去争取？

你会怎么争取？

你会托有力人士关说、你会攻击对手的弱点、你会以职务"要挟"……

天哪！这一串行动，哪一样不造成对公司的伤害？

如果你托"有力人士"出面，别人也托"当道大佬"关说。

而这"有力人士"又跟"当道大佬"本来就水火不容，偏偏两个人又都是你的上级得罪不起的。

他怎么办？

升了你，他得罪人；升了对方，他也得罪人。搞不好，为了这样一个小小的升迁，搞得他自己反而职位不保。

他犯得着吗？

结果你可能发现，争了半天，谁也没争到，最后反而便宜了一个不知从哪里冒出来的人。

再不然，这个职位就冻结了，悬在那儿，不再补缺。

从另一个角度想，你除了进一步争取职位，是不是也可能退一步想"你若不给我升，我就不干了"？

如果你不干，你会乖乖走路吗？

还是把过去不敢说的全说了、不敢骂的全骂了？而且你不干，八成是跳槽。你可不可能把公司的资料偷走，由一个"战友"，变成"敌人"？

你的上级能早早让你知道"升官的不是你"，而使你有时间造反吗？

于是你会发现，他们可能采取三种做法。

第一，他们觉得你没有杀伤力，你的反应也没让他们受到威胁，于是你的职位不变。

第二，升官的不是你，但你的职位也做了调动，把你调离原来熟悉的环境。如同皇帝，把情绪不太稳的将军调到陌生的部队。

第三，你早上进办公室，发现一封信、一个大大的空纸箱，放在桌上。

今天，你就卷铺盖，走人！

你的电脑，立刻"进不去"了；你的通行证，立刻不能用了。

说得好听，你成了公司的客人；说得难听，你成了公司的假想敌。

小到一般机构的人事调动，大到国家之间也是如此啊！

如果你是一国的领袖，当某国要跟你断交，而去和你敌对的一方建交时，他能早早告诉你，再过多少天，要和你断交吗？

你能不利用各种国际关系、商业关系，设法挽回？

多残酷啊！只是没办法，为了减少阻力和"对彼此的伤害"，他不得不这么做。换成你，你难道不会这么做吗？

现在，你就更可以了解，为什么无论人事、政策、成交、邦交的消息，都不能提早走漏。而明明第二天就会发生的事，当事人还故作惊讶地说：

"不要胡说！完全不可能！"

你也必须由前面的故事和论述中，得到教训——

即使你百分之百确定，也不能在言谈或任何行动上表现出来，连"掩不住的喜色"都不可有。否则，你就可能空欢喜一场。

相对地，如果你是得到消息的那个"关键人物"，你也最好别说。因为当你"爱现"的时候，也可能给自己找了大麻烦。

为什么？

请看下一个故事。

通神的小尤

> 小至间巷间的三姑六婆，大到国际间的游说政客，
> 他们所赖以"呼风唤雨"的，常只是像小尤一样，
> 偷偷得到的一点"小道消息"。

刚进会议中心的大厅，局长就狠狠拍了一下大腿：

"糟了！那份报表没带，都怪我昨天把它拿回家看，忘在桌上了。"抬头看看身边一群下属，小尤最不重要，就指指小尤，"你帮个忙，坐老陈的车子，到我家，我太太知道是哪份东西，赶快把它拿到，溜进来开会，再把东西传给我。"

老陈连红绿灯都不管了，十分钟之后，就把小尤送到局长公馆。天哪！小尤真是开了眼，客厅大得可以打羽毛球了。正看得发呆，就听局长夫人在里面喊："你进来看看，是不是这一份？"

跟着声音进去，是个特大的书房，桌上摊满了文件，局

长夫人指着其中一份："你看看！对不对？"

小尤翻了两页，又看看旁边另一份："这份才对！"

"好！我给你找个信封，别散了！"夫人蹲身到下面的柜子找了个信封，交给小尤。小尤就冲出门去。

会议已经开始了，幸亏小尤的职位最低，坐在最后面。他偷偷坐下，把信封交给组长、科长，一路传到局长手里。

多险哪！就在这一秒钟，轮到局长上去做报告。

会议结束，局长居然绕到小尤身边，拍了拍小尤肩膀："不错！不错！"

这个"不错"，马上传遍了公司。局长居然特别拍拍小尤肩膀，话传来传去，后来竟成为"局长搂了小尤"。

"真没想到，小尤居然偷偷成为局长的红人了。"

甚至有人猜"小尤根本就是局长的眼线"。

消息还真确实，因为小尤证明了这一点。

"听说您最近要有好消息！"有一天，小尤对谢副主任说。

隔天，谢副主任就升了官。

这还不打紧，有同事结婚，小尤在喜筵上到赵副处长桌上敬酒，特别对赵副处长挤了挤眼："恭喜！恭喜！"

"恭喜?"赵副处长一怔,"又不是我结婚。"

"反正恭喜就是了!"小尤又挤了挤眼。

当时立刻有人反应,举杯敬赵副处长:"小尤说的不会错,对不对?"

"是啊!是啊!想想小尤是什么人嘛!"孟小姐笑着起哄。

果然,第三天赵副处长也升了官。

小尤"关爱的眼神",真是太重要了。以前没人把小尤当回事,现在电梯里碰上,无不打躬作揖:"拜托老弟了!多提拔、多美言两句。"

小尤果然又关爱了,隔着电梯里一群人,硬是伸手过去,跟梁主任握了握手。

据说梁主任当天晚上就请了客,想也知道,轮到梁主任升官了。

只是,日子一天天过去,明明该是梁主任升上去的位子,居然由别处的丁主任接手。

"看样子,我是白送礼了。"许多人心里暗想,"这小尤也不见得灵光。"

可不是吗?他何止不灵光,连自己的位子都不保。先被局长叫去谈话,跟着就走人了。

据说局长夫人,还为此被局长臭骂了一顿呢!

想一想

//

这是个相当"吊诡"的故事。

你可以猜小尤因为搭上局长夫人的关系，偷偷拍马屁，走内线，所以能得到那些消息。

你更可以从字里行间去找，发现小尤在局长桌子上，翻了不止一份文件。也可能趁局长夫人弯腰找信封的时候，再偷看一些。于是借这偷得的消息，建立"神通"的形象。

当然，进一步，他得到了好处。

要知道，小至闾巷间的三姑六婆，大到国际间的游说政客，他们所赖以"呼风唤雨"的，常只是像小尤一样，偷偷得到的一点"小道消息"。

就因为这点小道消息，人们会猜他一定有不寻常的关系。消息灵通人士，自然是最接近消息的人；而最接近消息的人，也可能是最能影响消息的人。对于一点也摸不着门路，急得像热锅蚂蚁的人，这消息灵通人士，自然成为他最要巴结的对象。

于是，消息灵通的这个人，成为受惠者。更糟的是，他受了惠，又不能什么都不做，难免继续制造些假消息，或做出些小动作。结果，可能造成大祸害。

你说，你能走漏一点消息给他吗？

有位法官对我说：

"这年头啊！在外面，连手都不能随便握、招呼都不能随便打了。"

看我不懂，他笑笑：

"你要知道，有些司法黄牛，可能带着被告的家属，等在你常出现的地方。然后，他会过来跟你打个招呼，甚至故作亲热地拍拍肩膀。如果你一时没会过意，又确实跟他有过一面之缘，而寒暄了几句，麻烦就大了！他可能回头就对躲在一边的被告家属说：'你看吧！这主审法官是我老朋友。我刚才已经暗示过了，最近找个时间，去他家聊聊。'"

　　你明明见到法官跟他握手寒暄，你能不猜想"他确实有几分通天的本领"吗？

　　然后，他什么也没做，只是隔两天就紧张兮兮地跑来对你说："我谈过了，好像不太妙，会判得很重。"

　　于是你求他。他还装作为难的样子："让我试试看吧！"

　　当他要你"打点"，你能不乖乖奉上吗？

　　结果，他什么都不用做，只是在家睡大头觉。

　　判下来，若是无期徒刑，他会说原来是死刑，幸亏托了人；判下来，若是十年，他会说原来最少十五年。

　　请问，你是不是被吃了，还要谢他？

　　即使判了死刑，他摇头叹气，说已尽了全力。

　　你又能拿他怎么样？

　　从头到尾，法官根本没接过他一点好处啊！

　　因此，如果你是小民，要知道那些自吹"有内线"的人，常是假的。你托他，不但可能吃亏，还可能把事情弄得更糟。

　　如果你是当权者，更要知道，每个在你身边打听消息的人，一转身，就可以把小消息扩大，然后成为"买办"，获得利益，甚至使你背上黑锅。

　　当然，在这世界上，哪个角落都有真通天的人。愈是"人治"的国家，这种人愈多；愈是"法治"的国家，这种人愈少。但即使在最法治的国家，消息的提早走漏，还是可能造成意想不到的结果。

走下山头的时候

> 你只要知道，"西瓜靠大边"，这是人之常情。

"胜利、成功，一定是属于我们的！"

老魏举起双手高呼，群众也猛拍双手喝彩。然后赵、钱、孙、李"四大将军"，一一上台致谢，再拥着老魏下台。

小赵送来健怡汽水，小钱送来苏打饼干，小孙为老魏把西装脱下，小李则跑去安排车子。

突然手机响了起来，是医院打来的。

"我不接了，大概是血糖的报告出来了。"老魏挥挥手，"知道高多少，就成了！"

"不是！"小赵把电话递给老魏，"是夫人打来的。"

老魏接过，脸色突然变了。匆匆站起身，往外走："我得去医院，老伴病了。"

"四大将军"跟着往外跑，小钱嗫嗫嚅嚅地问："重不重啊？"

"还好！心脏病，已经没危险了。"

"那……那……"小李一边拉车门，一边凑上去，小声说，"您……您还有西门那场，大家正等着呢！"

"你们去！我不去了！"老魏居然把车门狠狠关上，差点打到小李的鼻子。

"孩子都大了、跑了，剩下老太婆一个人。"在车上，老魏叹口气，对司机小谢说。

"您是太累了！"

"人累，心也累……"老魏突然抬头，"小谢啊！你跟我多少年了？"

"十五年了！"

"真快！"老魏笑笑，伸手过去拍拍小谢的肩，"你这小谢，也快变老谢了。"

赶到医院，老婆正睡。旁边放了架机器，看到弯弯曲曲的心电图。

医生听说老魏到了，飞快地跑来："您放心！没什么，没什么，休息两天，按时吃药，就没问题了。"

老魏摇摇头，看老伴醒了，摸摸老伴的手。

正好手机响了，是西门那边会场打来的，说一切顺利，幸亏"四大将军"能言善道，把魏夫人的病情说得危在旦夕，相信不但没得罪人，还赢得不少同情票，同情这位鹣鲽情深的"好男人"。

老魏真是好男人，最起码他希望做个顾家的好男人，只是二十多年下来，人在江湖，身不由己，地位愈来愈高，跟他的人也愈来愈多，尤其这两年，连在家吃饭的机会都没了！

不过一个钟头，"四大将军"就赶到医院，一起弯着腰，在小茶几上吃便当。

"多亏你们了！"老魏过去坐下，"还是你们年轻人行，能吃、能睡。我啊！是愈来愈力不从心了。"

"您怎么这么说？"四个人一起叫了起来，"没您领导，我们什么都不能做！"

"别这么说，别这么说。"老魏摇摇手，"你们这种人才，谁都求之不得。"他伸个懒腰，"真觉得老了！"

"老了就是老了！"那边病床上的魏夫人也叹口气，悠悠地说，又看看老魏，"刚才咱们谈的，你不是要说吗？"

"我还是考虑……考虑……"

当晚，老魏一夜没睡好。想了很多，想到上大学时跟老婆谈恋爱，跟老秦夫妻一起上阿里山。

老秦，天天跟他同台，私下却好久没见面了。

拨了个电话过去，老秦助理接的，这小子平常站台，威风八面，连"四大将军"都怕跟他对上。现在听到老魏声音，居然吓一跳，直问什么事。

"叫你老板说话就是了。"

老秦倒还是老调调，劈头就问："你老婆好吗？听说昨儿病了，害我等了半天。"

"想找你聊聊……可以……可以，就明儿上午十点。"

跟着又拿起电话，打给小赵："今天这场，我不去了，你们照昨天的办吧！"

到医院陪老婆一天，谈了不少，回家反而倒头就睡，睁眼已经八点了。随便梳洗两下，跳上车。

"秦先生家？"小谢一惊。

"你以前不是常去吗？都是老朋友嘛！"

"是的！是的！"小谢不敢多问，直驶秦公馆，居然还早到十五分钟。

车子转进巷子，正见一辆熟悉的大凯迪拉克出来。

"这不是小……"小谢叫了起来。

"不要说了！"老魏吼了一声，"只管开你的车。"

想一想

那车里坐着谁？

甭问了！

你只要知道，"西瓜靠大边"，这是人之常情。

每个人都要吃饭，每个人都有家要养，每个人也都要追求他的前途。

当你只是由这一站转到下一站、由这个山头转向那个山头的时候，你下面的人，只要他忠贞，他当然跟着你。

但是，当有一天，你退休了。请问，有哪个将军退休之后，还有部队跟着他呢？

他，是帮你打天下的。这天下，你不打了。他又如何帮你？你又何必再拉着他？

所以，如果有一天，你碰到老魏的情况，一定要谅解——因为大家都要为自己的前途着想。

只是当你还没宣布退出，而发现四周人都已经变节，这明明可以光荣退出的场面，岂不变得很尴尬吗？

于是，你会发现——

那些即使明天要宣布退出竞争的人，他们前一天都可能仍然做出冲锋的样子。

然后，突然召开记者会，突然把对手推荐给选民，还可能拉着对手的手，接受记者访问。

他不是昨天还在攻击那个对手吗？

记住：

如果你不希望看到下面人见风转舵、一一离开的场面，就绝对不能早早让下面的人感觉到"风向变了"。

他们跟着你，你变了，是你对不起他们，是你令他们失望。在你已经失势的时候，千万不要给他们太多反弹的机会。

尤其是，当你在"想继续"与"不想继续"的时候，更不可以露出一点"倦勤"的样子。否则，你不但不能光荣地"主动走下台"，反而会变成难堪地"被逼下台"。

这当中，有多大的差距啊！

我认为每个人，无论你是上级或下属，政客或小民，都应该了解"不成熟的事不可说"的道理。许多人都由于不能做到这一点，不但坏了别人的好事，也坏了自己的好事。

小时候，常听人说："如果你放了老鼠夹，千万别说，因为老鼠听得懂，听到就不上当了。"

那绝不会是真的！

但有一件事，我坚信不疑，就是——

当老鼠被夹到，再叫好，总错不了啊！

PART 03

保护自己

我不是教你诈，
是教你认清别人
的诈！

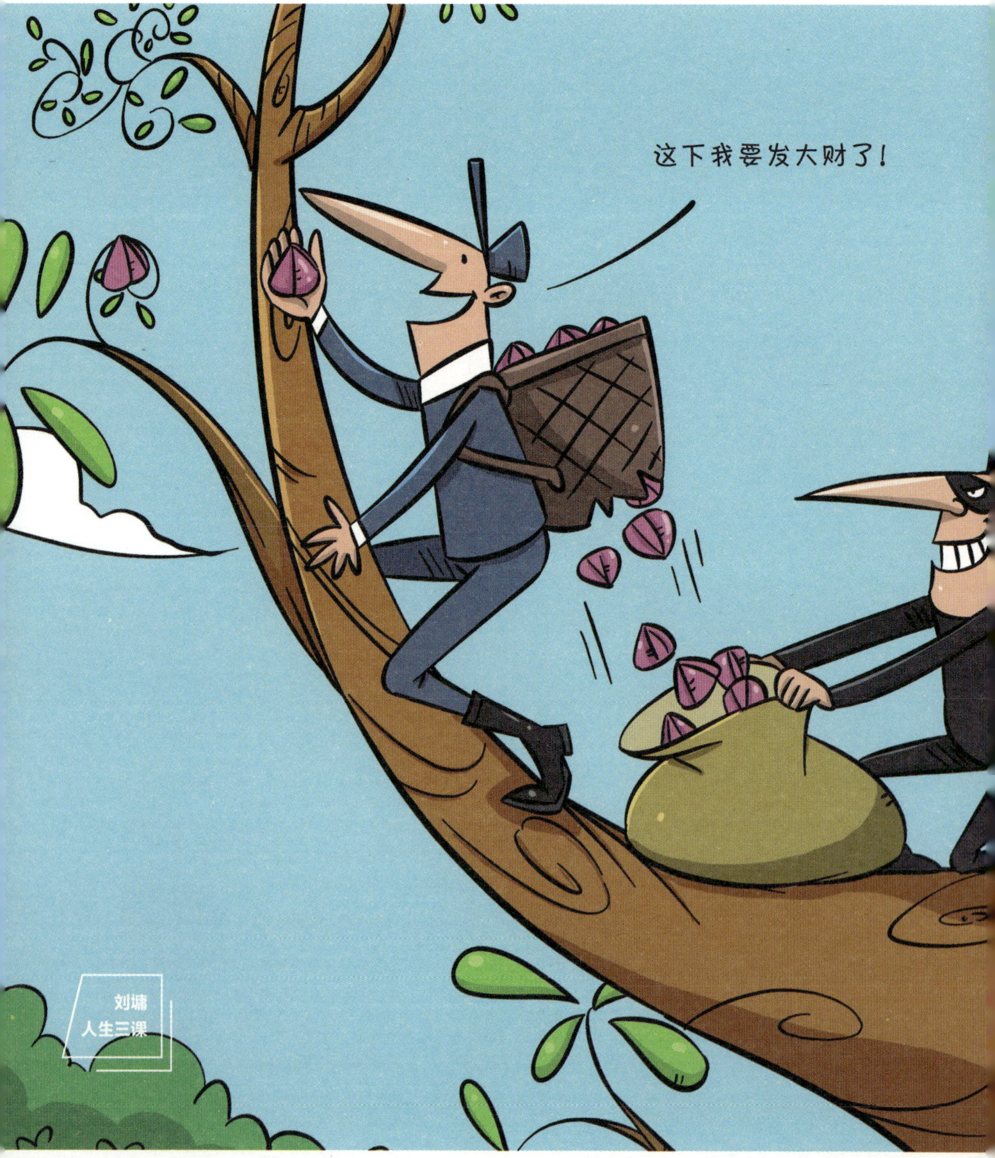
这下我要发大财了！

保护自己，
免得鸭子煮熟，
才到嘴边又飞了！

"心直口快"常常足以坏事，
因为人与人之间不是直的。
在"弯曲"的人际，
太"直"容易造成伤害。

刘墉
人生三课

鱼不能离开水，

如果你靠群众起家，

就不能离开群众。

许多人吃亏，
都因为他们事先自认为可以很"无情"，
到头来却不能不"有情"。

刘墉
人生三课

你应该用自己的眼睛，
而不用别人的眼睛更非别人朋友的眼睛，
看这个人生的战场。

人们常常莫名其妙地失望，
失望在他们不实在的"希望"之中。
而那不实在的希望，
又常是某些人不小心造成的。

合作大封杀

> "心直口快"常常足以坏事，因为人与人之间不是直的。在"弯曲"的人际，太"直"容易造成伤害。

"自从冒出个奇奇公司，我就睡不好。因为他们的产品跟我们很相似。"董事长低着头说，停了两秒，又猛一抬头，"不过，看他们现在生产的东西，其实跟我们的相容。对抗不如合作，说不定可以把两家的产品结合在一起，一起出去打天下，还更有利。"说完，指了指业务部的王经理：

"你比较会说话，就由你去奇奇看看，你那产品说明书不是印得很漂亮吗？带去，探探他们的口风，如果不错，改天再由我出马。"

得到董事长这个圣旨，王经理真是神了，好像全公司未来的希望都看他一个人了。

奇奇倒也真够意思，明知道是死对头，才一个电话，居然就约到张总经理。凭对方这个"善意的回应"，就成功了一大半。

更想不到的是王经理才跨进奇奇的大门，他们的张总已经出来迎接，而且重重地握手，这不更是个好的开始，让王经理信心大增了吗？

看！张总多么细心地翻阅我们的产品说明书，这说明书可不是盖的，全是我请专家设计，保证国际水准的东西。王经理得意地想。

果然吧！张总把说明书举起来，笑着问：

"你们这说明书做得不错，介绍得也很清楚，我们确实可以合作，改天跟你们老板见个面，细谈吧！"

天哪！居然一下子就成功了。王经理几乎兴奋地跳起来，赶快起身致谢。

"噢！对了。"张总笑着趋前，拍了拍王经理的胳臂，又指了指产品说明书，"你们这说明书是哪儿印的啊？"

"是请个有名的厂印的。"王经理高兴地说。

"印这么厚一本，不少钱吧？"

"当然，当然。"王经理更得意了，"一本算下来要五百多块！"

"五百多？"张总睁大了眼睛，"一共印多少本？"

"一万本。"

"太贵了！太贵了！我告诉你，你们被坑了！"张总居然翻着说明书，大声地笑道，"我公司刚印了一批，跟你们的差不多，一本才三百，改天我给你介绍，为你们公司省一笔。"

"太好了！太好了！谢谢张总。"王经理赶紧鞠了个深深的躬，"我马上回去向董事长报告。"

王经理回到公司，从进门，就成为大家目光的焦点，没进办公室，秘书已经跑出来，说董事长在等了。

"一切都顺利吧？"董事长见面笑吟吟地问。

王经理先没说话，低着头想了一阵，缓缓抬起头：

"报告董事长，我觉得他们不是合作的对象，那个总经理很自大，从我进门，就批评我们公司，好像我们一无是处。"

想一想

//

看了这个"急转直下"的故事，你有什么感想？

王经理原来不是已经认为可以合作了吗？为什么又一下子改变态度，说奇奇的坏话？

只因为对方的张总经理批评他经手的产品说明书，就翻脸了吗？王经理的心胸未免太狭窄了吧！

还是由于其他原因？使王经理心生顾忌，怕两家老板走得太近，会让"某件事"曝光？

想想，如果张总经理跟王经理的领导碰了面，又心直口快地说："你们这产品说明书印得太贵了，瞧瞧我们的，几乎一样，只要你们的半价，可以省下两百多万。"

董事长听在耳里，要不要查？查下来谁倒霉？搞不好，真查出来几百万回扣，还得有人吃官司，不是吗？

多可惜呀！两家明明可以合作双赢的公司，居然因为那两句话便"擦身而过"了。搞不好，后来彼此恶性竞争，还成为双输。

如果张总经理不"心直口快"地管人家家务事，问印制产品说明书的价钱。又如果王经理不"得意忘形"地透漏自己的成本，也不致造成这种结果啊！

检讨一下，他们双方确实都犯了商家大忌。

那商家大忌，何尝不是一般人的大忌？

别人送你礼，他特别小心地把价目标签撕掉，让你猜"那是比较贵的东西"。你能"没心没肺"地说："我上礼拜也在大减价时买了个一样的，八十块钱，对不对？不对的话，你就买贵了。"

你以为你是好心，岂知会伤人的自尊心。更可怕的情况是，当你发现室友的男朋友送她一个礼物时，你又自以为"万事通"地说："啊！这项链我才见过，正在 ×× 百货公司大减价。"

无论你的室友，或她的男朋友知道，都会恨你的。

至于到朋友家，你就更要小心了。

那家丈夫刚抬回来一个按摩器，太太才买回一只仿古花瓶。如果他们的另一半得意地说：

"我丈夫花了八千多块买的。"

"我太太花了两万七。"

你可千万别开口，说他们买贵了，而且贵得离谱。你岂知他们有没有把多报的拿去当私房钱？如果你实在憋不住，怕朋友吃亏，非要"义愤填膺"地说出来。你可以私下把那买东西的人拉到一边说："我不会跟别人讲，只是要告诉你，照你太太说的价钱，你买贵了。"

他若真买贵了，可能立刻跳起来说："快告诉我！在哪里可以买到便宜的，多少钱？我好找卖东西的人算账。"

他也可能对你挤挤眼、小声说："为了让她高兴，我是多讲了些，其实没那么贵。"

于是你们分享了一个秘密，他会感激你，欣赏你。

总之，你要记住，"心直口快"常常足以坏事，因为人与人之间不是直的。在"弯曲"的人际，太"直"容易造成伤害。

你也要记住，向别人打听的价钱，常不可信，信了会吃亏。

举起来，扔下去

> 鱼不能离开水，如果你靠群众起家，就不能离开群众。

麦克跟经理的对立，是愈来愈尖锐了。他甚至连总经理也不放在眼里。

总经理儿子毕业典礼，记者去做了采访，新闻送到麦克的"主播台"上，硬是被麦克扔了出来：

"这是他家的新闻，如果每个学校的毕业典礼都播一段，我们干脆把新闻改成'毕业集锦'好了！"

相反地，经理要"淡化"处理的新闻，麦克却可能大做文章，硬是炒成焦点新闻。麦克说得好：

"是新闻，就是新闻，遮也遮不住，观众有'知'的权利！"

对！观众正是麦克的后盾，全国最高收视率王牌主播的头衔，使麦克虽然只具有"记者"的职等，却敢向老板挑战。

"把他开除!"总经理终于忍不住,火大地对新闻部经理说。

"我不敢! 只怕前一天他走路,后一天我也得滚。"经理直摇头,"他现在太红了,每天单单观众来信,就一大摞。"

"你说他现在太红,倒提醒了我,给他升官,行了吧?!"

公司新成立一个部门,由麦克担任经理。

消息传出,每个人都怔住了。

"总经理能不计前嫌,以德报怨,真令人佩服!"

"也可能总经理怕新闻部'一山难容二虎',所以把麦克调升另一个部门。"

"不管怎么样,以一个记者,一下子跳做经理,未免太快了吧!"

麦克真是意气风发,虽然不再报新闻,但是目前职位高、薪水高,而且负责策划一个更大的新闻性节目,谁能说不是海阔天空任翱翔呢?

麦克确实是任翱翔。公司甚至推荐并资助全部旅费,送麦克出国做三个月的考察。

麦克回国了,带着成箱的资料和满腔的抱负,开始大展宏图。

只是新闻性节目，总得向新闻部借调影片，一到新闻部，东西就卡住了。

"哈哈！麦克经理，你是一个部门，我也是一个部门，你又不属我管，你有你的预算，还是自己解决吧！"新闻部经理笑道。

麦克告到总经理那儿。

"他说得也对，你现在有自己的预算、自己的人手，应该自己解决问题！"总经理拍拍麦克，"你们两个不和，我把你调开、升官，不要再斗下去了！"

问题是，新闻不能再"演"一次，过去的资料片找不到，别家电视台更不愿借，麦克怎么做呢？加上怕侵犯著作权，麦克连从书上拍一张图片，都得付不少钱。英雄如麦克，也徒叹奈何了！

部门成立一年，节目筹划八个月，居然还拿不出来，而钱已经不知花下多少。

董事会里，董事们开始骂："好的记者，不一定能做好的主管！只见花钱、出国，不见成绩！搞什么名堂?！"

报纸也不时提到这件事，责难麦克不是当领导的料，只会自己作秀。

总经理终于不得不把麦克叫去：

"你还是回新闻部吧！"

"我希望回去报新闻！"麦克说，"那是我的专长。"

"恐怕暂时不行，新的主播表现不错，观众的反应不比你当年差，你还是先做做内勤，慢慢来，看经理给不给你机会。"

麦克辞职了，他知道新闻部经理不会给他机会。做过了经理，他也拉不下面子回去做个职员。

麦克离开，报上也登了消息，只是不过寥寥几行，毕竟有负领导器重，因为表现不好而离职，不是什么光彩的事。

想一想

//

不战而屈人之兵，是最高明的战法。总经理下的这盘棋，就是不战而对付了麦克。甚至可以说，他逆向操作，每一步棋都是退让、都是仁厚，连离开，麦克都无法骂总经理，甚至还得感谢总经理给他那样好的机会。

当麦克平步青云，自然会被同僚嫉妒，造成他潜在的孤立因素。当麦克出国考察，使他的人脉更被切断。当麦克独当一面，也代表着他必须为成败负全责。当麦克离开主播台，他便离开自己成才的地方，失去了群众资源。

当麦克黯然离去，很难获得别人同情，因为他不是被挤下去，是自己干不下去。他显示的是"江郎才尽"或"黔驴技穷"。

相反地，如果当年总经理把麦克开除，或麦克自己宣称被排挤，而愤然离开，那情势将完全不同，全国爱护麦克的观众，都会跟麦克站在同一线，他是悲剧英雄。

谁不同情、不崇拜"悲剧英雄"呢？到那时候，只怕真如新闻部经理原来所说——"后一天我也得滚"！

而悲剧英雄，必然立刻能被其他独具"慧眼"的人重金礼聘，成为对付原来公司的"致命的敌人"。

一个公司的老板，可以派他的眼中钉，出去经营分公司，或连锁单位。表面看，那是升官，不去，就是不知好歹和抗命。去，则是远离权力中心和拼命，拼死拼活都是老板赢。

在人生的战场上，永远要记得：

鱼不能离开水，如果你靠群众起家，就不能离开群众。如果你靠某种专业起家，最好不要被"调离"你的专业。即使被调开，也要保持联系，不能落伍。

当然，你也可能是了不得的大才，能从九死一生的战役中凯旋。那时候打倒奸小，而获"黄袍加身"的，自然是你。

"哀"兵必胜的老廖

> 许多人吃亏，都因为他们事先自认为可以很"无情"，到头来却不能不"有情"。

"这家伙漆得不错。"小林一早就把整个屋子检查一遍，比较暗的角落，还用手电筒照了照，兴奋地对太太说，"这种老板带领，又完全是自己班底的人就是不一样。又便宜又快！"

"是啊！上次找的那个姓孙的设计师，工人每天五点半就下班了，多一分钟也不干，哪儿像这个老廖，由早到晚拼命干。"

正说着，电铃响，林太太过去开门，吓一跳。

门口站个又高又胖的女人，肩上扛着一大捆东西。

"让！"胖女人喊。林太太赶快闪开，胖女人就扛着东西往里冲，后面还跟进一个，是老廖。"砰"的一声巨响，两个人把扛着的东西扔在地上，整个屋子都震了一下。

"我太太昨天伤了，这是我太太的姐姐。"老廖一边擦汗，一边介绍，"她力气大，铺地毯非她不成。"

那大胖女人便嘿嘿地笑笑，腰上挂的一大圈工具，发出丁零当啷的声音。

"多久可以铺好？"小林探头过去，"不会又搞到三更半夜吧？"

"不会。"老廖气喘吁吁地蹲在地上，把地毯往屋子一头推，抬起头笑笑，"您放心，下班的时候，进门保证把你美死。"

可是才进办公室没多久，小林就接到太太的电话："我看那个女的不太行！个头大，可是没力气。"电话那头传来太太操心的声音："我看他们扯来扯去，扯半天，都对不准。现在在切了，我真怕他们切不直……"

"你放心啦！人家是专家，铺坏了他负责。"小林急急地挂了电话，还猛摇头。

隔两个钟头，电话又响了。

"我看你还是回来一趟。"林太太在那头喊，"那女的腰上挂一堆东西，又蹲在墙边铺地毯，转来转去，身上的东西就在墙上刮来刮去，把刚漆的墙壁又弄脏了。"

"会吗？刮脏了叫他弄干净，反正是他漆的，你不用操心啦，钱在我们手上。"小林喊过去，"做不好，不给钱。"小林又摇着头挂上电话，还对旁边同事摊摊手："我太太呀，就是瞎操心。"

可是小林下班，才进家门，就跳了起来，指着墙壁对老廖吼："你你你，你来看看，这四周全弄得这么脏。"

"是啊！我不是跟你说了吗？"林太太皱着眉出来。

"林先生，您别急。"老廖一边绕着客厅的墙壁看了一圈，一边鞠着躬说，"是有弄脏，我一定把它弄干净。"接着瞪了胖女人一眼："都是你不小心。"转身过来，笑着问林太太："对不起！您有没有擦手纸，我要多一点。"

林太太飞似的找来一大卷擦手纸。

便见老廖和那女人先把纸一张张弄湿，再拿到墙边擦。

"这能擦得干净吗？"小林也加入，帮着用湿纸擦。

"应该擦得干净，我用的亚克力漆是上好的，防水。"老廖狠狠地擦着墙壁，搓出一堆纸屑。

刚擦完，湿的时候，看着确定干净了。可是才一下，水干了，又露出一条条脏痕。

老廖倒是没等小林说话，就主动讲了："不行，这是金属的刮痕，幸亏昨天还有剩下的漆，麻烦您给我一堆旧报纸。"接着转头对胖女人吼："还不把你腰上挂的东西摘下来？你看看！全得重漆。"

八点多了，早烧好的菜都凉了，小林也饿得受不了，先去吃了。回头看那二人还趴在地上漆，有点不忍，过去客气了一下："你们要不要一块儿，随便吃点？"

"不用！不用！"老廖抬起脸，头发上都是油漆，"我们不饿。"

隔一下，又跑来餐厅，嗫嗫嚅嚅地问小林有没有不用的毛笔。

"要毛笔干什么？"小林问。

"因为地毯已经铺好了，靠近地毯的地方不能用滚筒漆。"

小林找了半天，只找到一支朋友送的新笔。

突然电话响，老廖的太太打来的。先听老廖小声地说，渐渐愈来愈大声，居然在电话上吵起来。

"你那个笨老姐，跟你一样笨。"老廖正吼呢，就听"砰"的一声，那胖女人冲出门去。

老廖没追，继续闷着头做。

十点，小林送过去一块蛋糕，小声问："跟太太吵架了？"

十一点，老廖敲小林卧室的门，两口子出来，跟着看了一圈。没说话，点点头。

老廖递过账单，低着头走开。

林太太把早准备好的钱交给丈夫，小声问："要不要扣他的？"

"算了！"

小林走出去，把钱放在老廖手里。看老廖连连鞠躬，又弯着腰出门。

"好像还是没弄干净！"林太太站在客厅，对着墙说。

"我知道。"小林说。

"好像地毯上也滴了漆。"

"我知道。"

"好像你的宝贝毛笔毛都掉了。"

"我知道。"

"好像地毯边上切得不平。"

"我知道！"

想一想

//

请问，明明没做得满意，小林为什么付钱？他在办公室不是说"做不好，不给钱"吗？为什么还是给了呢？

又请问，如果换作你，你给不给？

八成会给，对不对？

人都是有情的。看人家连着累了两天，太太伤了，大姨子跑了，两口子吵架了，而且累到夜里十一点都没吃饭，他没不认错，他也没不尽力，他力气就这么大，你还好意思多说吗？

多少人装好新门，发现门框不正，门锁封不准，每次锁门，都得用力往上提着把手，才锁得上，只好请木匠重修。

多少人铺好新地板，发现有缝，把袜子都刮伤了，只好请师傅撬起来重整。

多少人窗子装好了，发现旁边木条没钉准，于是请木匠把钉子拔起来重钉。

没错！门是对正了，但锁孔往下移，上面门框缺了一块。

地板没缝了，但撬起来的地方，有了榔头的痕迹。

木条对准了，但拔起旧钉子的地方，留了一个难看的洞眼（虽然补了木粉，还是掩不住）。

你愈看愈不顺眼，又有什么办法？

记住！

这世上许多东西，你只能事先防范、做好征询，而难以事后补救，因为怎么补救都不可能完美。就如同小林，他不能总想：钱在我手里，做不好，不付钱。而应该一发现有问题，就喊停。

想想，如果在老廖还没铺好地毯的时候，你发现切歪了，喊停，他能不修正吗？

如果发现墙壁弄脏一点点的时候，就纠正，他会继续犯错，又那么难收拾吗？

偏偏你没叫停，东西完成了——地毯已经粘下去，虽然有些地方切得不够直，还勉强过得去。墙壁重漆之后，脏痕也不见了，虽然地毯沾到一点油漆，吃烧饼哪有不掉芝麻的呢？

请问有几个人狠得下心，叫老廖把地毯揭起来换块新的？老廖是会破产的啊！

许多人吃亏，都因为他们事先自认为可以很"无情"，到头来却不能不"有情"。

也就有许多人知道，怎么利用对方的"有情"，帮自己脱困。

现在再让我们换个角度想，如果今天犯错的是你，你该怎么办？

我应该强调：这正是我写作这一节最主要的目的。

因为我处处发现，刚进社会的年轻朋友（甚至包括一些"老"朋友），犯了错，主管骂下来，总要想办法辩解。

大概是在家里跟父母、兄弟强辩惯了，有理没理都要辩，却没搞清楚，现在你进入了社会，你的领导不像你的老爸老妈那样谅解你。你辩，只可能给自己找麻烦。

当你没理的时候，还文过饰非，等于表现固执、蛮横、是非不分、不负责任。

有哪个领导会喜欢这样的下属？他如果让你过关，他还怎么带别人？

话说回来，当你有理的时候，你强力反击就对吗？老板理

屈，应该当面向你道歉？就算他发现错的是他，不是你，你是
被冤枉的，他又会欣赏你的态度吗？

记住！"理直气和"，而非"理直气壮"。尤其对长辈，你愈
理直气壮，他愈可能老羞成怒。有些聪明人甚至知道在老板气
头上，就算自己有理，也先认错；等老板气消了，发现错的是
他自己，主动对你说"错怪了你"。或是另外找机会，私下对老
板说："其实，上次那件事，会不会也有可能……"

相信你一定在日本影片里见过，犯了错的下属对着领导和
同事，鞠九十度的躬，痛哭流涕地认错，一副要"切腹自杀"
以谢国人的样子。

他们多么"知耻近乎勇"啊！

其实，那是因为他们聪明。你可曾听说有哪个公司的小职
员因错自杀的？跳楼的往往都是公司的高级主管哪！

所以，当你出了错，与其"推诿过失"，使自己成为"众矢
之的"，不如乖乖认错，表现出"痛改前非""洗心革面"的样子。

事情做坏了，你可以自请加班，设法补救；文件遗失了，
你可以翻箱倒箧，整夜留在办公室找。

你可能怎么加班，都无法补救；你也很可能找个两天两夜，
都找不到。

但是，就跟老廖一样，你可怜的低姿态，会渐渐得到同情。

最后，老板过来，当着一屋子同事的面，拍拍你：

"回去好好休息休息吧！"

是满屋子同事的"同情"，使老板不得不过来拍拍你。他拍拍你，对他也有好处——让大家知道，老板还真是有情啊！

比较一下，你是当面强辩，让老板难堪，把你踢出公司好呢，还是让老板过来拍拍你的肩？

何况，他心里（甚至你同事的心里）正在想：这个年轻人，知错能改，而且不眠不休，又能服从负责，是个可造之才。

下次升职，或许正是你呢！

用"积极行动"取代"消极哀叹"；以"勇于改过"取代"善于强辩"；用"低姿态"争取"广大同情"；用"拖延战术"取代"当面对决"。

大到治理国家，面对一国的人民；小到铺一块地毯，面对一家的客户。

天下的道理都是一样的！

沙发上的战场

> 你应该用自己的眼睛，而不用别人的眼睛更非别人朋友的眼睛，看这个人生的战场。

"哇！你不但重新装潢，连沙发也换了。"小莉一进门就叫了起来，说着跑过去，坐上沙发，"真不错，不软不硬，我先生有坐骨神经痛，就该坐这种。"

"是啊！我也是考虑我老公的腰。"阿莲把咖啡端出来，笑着说，"不错吧！德国原装，真皮压花，因为表面经过处理，所以冬天坐起来不会凉。"

"一定很贵！"小莉摸着沙发的表面。

阿莲没立刻答，缩缩脖子，扮个鬼脸："当然贵，不过我买得很便宜，因为是我的设计师介绍的，他熟，结果市面上卖二十八万，我拿批发价，才二十三万。"

"差这么多？"小莉叫了起来。

"当然，你想想那些零售商的房租要多少，人事开支有多少，当然全得加在买主身上。"

小莉转过身，又摸摸沙发的椅背，还探头过去嗅了一下：

"嗯！蛮香的，一点牛皮的臭味都没有。"再抬头盯着阿莲，"你能不能帮我介绍一下？我的沙发也该换了，最近正好有笔奖金，二十多万。"

"一句话！"阿莲立刻站起身，跑去翻名片本，拨电话，"我马上打电话，就怕他们卖完了。"说着，电话拨通："喂！我是李太太，就是陈金莲啦，我才买的那种德国皮沙发，你们还有吗？要算跟我一样价钱哟，我不拿你介绍费，只能更便宜，不能贵。二十三万是吧？不能再便宜了吗？"捂着听筒问小莉："你确定要买？"

小莉赶紧不断地点头。阿莲就继续跟对方说：

"好！你帮我朋友留着，她叫小莉，我叫她拿你的名片去，说我介绍的。"临挂电话，又想起一件事，"喂！你也跟对我一样，不能算运费哟！"

放下电话，两个人都高兴地跳了起来，抱在一起大声喊："以后坐在你家，就像坐在我家了！"

一回家，小莉就把好消息告诉大勇，因为大勇正好隔天有个要拜访的客户，离那家具店不远，两人就约好六点在家具店碰面。

大概太兴奋了吧，小莉连椅子都坐不住了，才下班就冲出办公大楼，五点半便到了家具店。

先没吭气，偷偷找，找到那套沙发，翻了翻上面的标签，心脏差点跳出来，果然是二十八万，真是太走运、太赚了，一下子省了五万呢！

老板笑嘻嘻地过来。小莉赶快把名片递过去：

"我是李太太介绍来的，昨天晚上她打过电话。"

"啊！"老板把嘴巴张得好大，"对！对！对！李太太介绍的，您是小莉小姐，要买这套沙发。"

"算我二十三万对不对？"小莉搓着双手，"而且免费送货。"

"哇！你们这些太太真厉害，好啦！好啦！最后一套，照本钱卖给你了。"说着请小莉过去填单子。

刚填两行，小莉笑笑，把笔放下：

"还是让我丈夫填吧！我约了他来，让他做主，他会比较高兴。"便起身到店门口张望，或许跟客户没谈完，已经六点五分了，还没到。

"您可以顺便参观一下啊！看看有什么其他满意的东西。

我们的店很大，有三层呢！"老板得意地带小莉上楼参观。

小莉才上楼，大勇就到了。

知道自己老婆有迟到的毛病，他没问，一个人在楼下逛，走走走，看到一套不错的皮沙发。

会不会就是小莉看上的？大勇心想，正好有位店员走过来，就问："这套沙发怎么卖？"

店员眼睛一亮，递上名片，握着大勇的手说：

"您眼光真好，这是德国原装进口，真皮压花纹，不软不硬，冬天也不会凉，我们最近连卖三套，刚刚一位小姐，才又订一套，这是最后一套了。"靠近大勇，小声问："您刷卡还是付现？"

"付现。"

掏出小计算机，飞速地敲了几下，伸到大勇面前："年关到了，我不赚您的钱，打七折，十九万六！"

想一想

//

这个故事我不往下写了，因为下面的情节真要命。

可不是吗？当小莉下楼，知道大勇问的价钱，会有怎样的场面？

她会不会先把老板骂一顿，用十九万六买下那套沙发，再去找老朋友阿莲？

她会告诉阿莲上当了，还是责问阿莲："你是不是跟老板串通了，拿回扣？"

她会不会猜，前一天，她才离开阿莲家，阿莲就打电话给家具店说："我给你们介绍，那多报的，算我的佣金。"

又或她能很冷静地跟阿莲一起推敲，终于想通——其实是阿莲的设计师拿了回扣。

只是，设计师固然拿了阿莲买沙发的回扣，如果小莉不察，家具店就多赚了一笔"设计师不知道的钱"。

这种因为一人上当，造成一群人上当的事真是太多了。

当办公室里最精明的人好像买了个好东西的时候，大家都盲目地跟着买。精明的那个人一味自夸有本事、有门路，更增加大家的信心，于是拖了一大堆笨蛋下水。

人们上当，常因为懒，那懒又常由于对自己没信心。

于是买东西，要问买过的人，或请人介绍；装修房子，也要找朋友介绍，心想那朋友既然装了，而且满意，一定不会差到哪里去。

这就好比打仗时躲在别人后面冲锋，以为有前面的人挡着，比较安全。岂知敌军正好瞄准前面的人，一枪打穿"一串"。

记住！

人性是：当他买贵了东西，他只希望你一样买贵，因为如果你也买贵了，表示糊涂的不止他一个人。

更进一步，如果大家都买贵了，他就不觉得贵了。最起码，大家同样遭遇，一起做"冤大头"，也有个伴，可以联合抗争。

　　其次，一个人跟你炫耀他买的东西时，只会夸大，不会缩小，你照他夸大的价钱去买，只可能上当。

　　所以，无论多么"有办法"的朋友介绍你买东西，你最好都能多打听几家，或是"隐姓埋名"，以一个陌生顾客的身份去谈谈。就算你谈的价钱比较贵，不是只能证明那朋友确实棒，对你自己毫无损失吗？

　　最重要的是：

　　你要独立思考，不可心存依赖。

　　你应该用自己的眼睛，而不用别人的眼睛更非别人朋友的眼睛，看这个人生的战场。

临门被他踢一脚

> "好消息"被走漏，会造成"变天"的情况。
> 即使你有坏消息，都不可早走漏，否则也要
> "变天"。

黄主席上次选得很苦，这次竞选连任，就算厂长暗地支持，只怕也不容易。谁会选一个跟资方那么密切的人，来做工会的主席呢？

但是自从今天一早，厂长把他偷偷叫去，说了那几句话后，黄主席就心安了。

有什么比这消息，更能让他吃定心丸？

三年前，他在竞选时，要求兴建的员工休闲中心，终于有眉目了。

"厂长多厉害啊！偷偷地进行，再在竞选的时候发布，成为我争取的'政绩'，我还能不高票连任吗？"黄主席对几

个亲近的幕僚说，但是跟着想到厂长严肃的表情，他赶快收起笑容，"绝不能对外讲！还要过两个礼拜，才能宣布。"

只是，怎么才隔两天，那死对头的老曹，就号召了他的一批人，举着布条，抗议休闲中心还不成立呢？

"你看！老曹还装模作样地冲去厂长办公室，他怎不想想，这是我黄某人三年前就提出的，马上就要美梦成真了。"黄主席暗骂，可是又一想，"不对！如果现在再宣布成立休闲中心，岂不是被老曹抢了功劳。"他赶快冲去厂长办公室：

"厂长！您还是把这个案子先搁下吧……"

话还没说完，听见外面放鞭炮。

"谁让你走漏风声？到这个节骨眼，我能说不吗？"厂长沉声骂道，接着走了出去。

外面早有几个老曹的人等着，簇拥着厂长站到三楼阳台，对着下面上千位员工挥手。

"谢谢厂长，同意了我们的要求！马上设立员工休闲中心。"老曹的声音，从扩音器里传出，接着一片欢呼和口号：

"黄主席！差、差、差！三年办不到。"

"曹主席！棒、棒、棒！一次就成功！"

想一想

//

看完这个故事，你一定觉得黄主席比较差，对不对？

厂长明明叫他不要说，他偏偏说出去。既然他都漏了口风，下面的人，又怎么保险？

于是，明明厂长原来打算为他"做多"，反而被敌对的一方利用了。

但是，就更高一个层次想，我要说：真正做错的，是厂长。他虽然想拉拢这位跟他还蛮能配合的黄主席，而先透露这个消息，可是，就算透露，又何必这么早说？既然说出来，又何必压着不发布？

如果他上午说，中午就发布，别人还可能"杀进来"吗？

话说回来，他就算完全不对黄主席说，而径自等到竞选时发布，黄主席不是一样受惠吗？

人都有这个毛病——心里藏不住话，尤其当自己对别人有恩的时候，更巴不得对方早早知道。许多人事、生意的消息，都是这样提早曝光，结果坏了大事，或被人抢了功劳。

前面这个故事，所说的就是"抢功"。

三个将军一起去打一场仗，赢了！三个人可能抢着传捷报。因为给人的印象，最先报捷的人，就是最先打胜的。起码，"这个"最先传来好消息的人，大家对他的印象最好，也最深刻。

如果你是老板，觉得员工福利该调整，正打算过两天宣布。

突然有员工集体请愿，希望改进福利，而那要求的，正是你计划宣布的。

你做还是不做？你是不是还照原来的计划，过两天宣布呢？

如果你宣布，员工会想：

"这老板欺软怕硬，所以今后都要来硬的。"

他们会相信你早就计划这么做了吗？

于是，你原来的好心，成为被"逼"出来的结果。没有人感激你。

大家只会感激那些斗胆请愿的人，而且造成严重的"后遗症"，使你整个领导工作，都出了问题。

再问你一次：

"如果你是老板，会不会就因为他们请愿，反而把计划好的事情，暂时压下，来显示'操之在己'，而非'操之在人'呢？"

现在，你应该知道，如果发现你的公司或上级，已经主动考虑你"心里希望"却没说出的事，你千万不可躁进，当你以为"开个口"可能使事情发展得更快时，很可能反而失去将到手的东西。

前面，谈的是"好消息"被走漏，造成"变天"的情况。最后，我要说：

即使你有坏消息，都不可早走漏，否则也要"变天"。

吴太太的房子

> 人们常常莫名其妙地失望，失望在他们不实在的
> "希望"之中。而那不实在的希望，又常是某些人
> 不小心造成的。

从老王来的第一天，吴太太就觉得跟他挺投缘。

这不单因为是小同乡，而且因为老王的口音。

记得老王第一天上班，吴太太下电梯，老王主动打声招
呼："太太要出门儿？"吴太太就吓一跳。因为那声音简直就
跟她死去十多年的父亲一样。

老王也爱谈家乡的往事，吴太太常听着听着，到不懂的
地方，说："爸！我没听懂。"话刚出口，又哑然失笑，红着
脸："对不起，我糊涂了。"

大概就因为"那种特别的感觉"，端午包了粽子，中秋
买了月饼，吴太太都会特别下楼送给老王两个。甚至平常从

外头买了面包回来，进大门，还没拿回家给丈夫孩子，先递一个给老王。

一栋大楼六十多住户，老王也对吴太太特别好。一看吴太太拿重的东西，马上跑出来帮忙。有一回，吴太太买菜回来，正好停电，老王还帮吴太太提上五楼呢！

"幸亏住五楼，"吴太太笑着说，"要是住在十五楼，可要把您累坏了。"

老王拍拍胸膛："没问题，您要是真住十五楼，我老王还行，保证一口气都不停，给您拎到十五楼去。"

"嘿！"这下子触及了吴太太的灵感，"我们还真想搬高点，你看！对面正在盖，以前我们五楼还看得到山，现在全遮住了。前两天我先生才说，要是大楼里十二层以上有人要卖，我们就换个房子。"

"好极了啊！"老王歪着头，"我要是知道有谁搬，先告诉您。"

"对呀！"吴太太拍拍老王，"这楼里您最清楚了。到时候省下掮客的钱，我包个大红包给您。"

事情就这么巧。才过两个礼拜，老王就来按电铃，一副神秘兮兮的样子：

"好消息！十三楼有人要卖。"

连人家希望的价钱，老王都打听到了。

只是，吴太太才跟丈夫提，吴先生就一挥手：

"十三楼，免谈！我不喜欢十三。而且对面盖十二层，最少要十四楼，才有视野。"

吴太太第二天一早就告诉了老王。

过了三个多月，老王居然又有了好消息，兴奋得好像他自己要买房子似的：

"好消息！好消息！大概十四楼嫌十三楼装修吵，要搬家，原来说留着给儿子，不卖。经我一劝，决定卖了。"

接着老王就左一个电话、右一个电话地帮两边安排时间看房子。

吴先生、吴太太都去了。前前后后、仔仔细细地看了两遍。

"跟咱们家格局一样嘛！"下楼进了自家门，吴先生说。

"同一栋大楼，当然差不多。"吴太太说，"但是看得远哪！"

"我不喜欢！"吴先生又一挥手，"好比离婚换个老婆，还跟原来那个长得一模一样，没意思！"

第二天，礼拜天，一家还在睡，老王就在对讲机那头喊："怎么样？吴太太，十四楼合意吧！"

吴太太糊里糊涂的，先结巴了一阵，才婉转地说："我和我先生正在研究呢！"

只是，接下来每天，老王碰面都问。吴太太只好照实说了：

"我先生还是看不上，不买了。"

老王笑嘻嘻的脸突然垮了，把手上原来帮吴太太提的东西，没等电梯打开，就往门口一摆，径自去柜台后面看报。还把报纸狠狠地抖那么两下，吓吴太太一跳。

自那以后，老王原来热情的招呼不见了，也不再帮吴太太提东西、开门，连吴太太送上热腾腾的面包，都把脸一撇："谢了！我不饿。"

倒是还见老王为别的住户拿东西、开门。

有一天，吴太太在五楼等电梯，门打开，是张太太，还有抱着一个大盒子的老王。

吴太太当天晚上，去敲张太太的家门，不好意思地问：

"对不起呀！我只是想问您逢年过节，是不是都给老王红包？该包多少？"

　　"红包?"张太太眼睛张得大大的,"不是在管理费里已经包括年节奖金了吗? 你我都缴了啊!"

　　"可是……可是……"吴太太吞吞吐吐地不知怎么说。

　　"你觉得老王对你态度不太好是吧?"张太太倒先说了,"我原来也觉得奇怪,后来还是老王自己说的,说你们把他当猴儿耍!"

想一想

老王对吴太太的态度为什么突然变了？

因为吴太太不买房子了，老王忙了半天，没拿到钱。

可是吴太太当初没说一定要买，也没讲要给多少钱，只说送个红包啊！老王何必那么认真呢？

如果你这样问，就是太不懂人性了。

你想想，假使有一天，你带孩子去逛百货公司，先叮嘱孩子："你乖乖地跟着，不能吵，要是逛得太晚，我就带你在外面吃。"

孩子那天没吵，问题是你很快逛完，看看时间还早，就把孩子带回家了。

那孩子是不是会失望？如果他是个"孩子"，是不是可能又哭又闹？

你没有对他说一定要在外面吃啊！他凭什么发脾气？他说他很乖，你可以骂："小孩乖，是应该的。"

搞不好，他愈闹愈凶，到头来，被你狠狠揍一顿。

好！现在让我们回头看吴太太与老王。

吴太太没说非买不可，红包也可大可小，说不定只是意思意思一两千块钱。而且，做管理员，为住户提供资讯本来就是应该的。到最后没买，老王何必冒那么大的火呢？

比一比，这跟那个带孩子逛百货公司的情况不是一样吗？

人都是很会想象的——

假使你是孩子，平常难得吃馆子，当父母说要在外面吃，是不是会很兴奋？把你想去的麦当劳、汉堡王……甚至里面的赠品，全想到了。

如果你是老王，一把年岁了，每天守在大楼的柜台，赚那么一点钱。当你听说吴太太愿意把掮客的"那一份"送你当红包的时候，你会怎么想？

你会不会想一栋上千万的房子，佣金有多少？甚至往下想：拿了这笔佣金，我就可以这样那样。所以你特别卖力，积极打听谁要卖房子；当人家不想卖的时候，还去怂恿；在中间牵线、安排时间。

当吴太太突然改口说不买的时候，你能不失望？又能不觉得自己"被耍了"吗？

人们常常莫名其妙地失望，失望在他们不实在的"希望"之中。而那不实在的希望，又常是某些人不小心造成的。

我们甚至可以肯定地说：即使吴太太真买了老王介绍的房子，也包了红包给他，老王还是会不满意。

他总会认为红包小了。

相反地，如果当初吴太太只对老王说："如果您知道十二楼以上有谁卖房子，麻烦您告诉我一声。"然后成交之后，包个红包给老王，老王必定先大吃一惊，接着推说不能拿，再千恩万谢地收下。

从此，他们的关系不是会更亲近吗？

这么大的差异，"差"在哪里？

差在吴太太不该先承诺！

八字还没一撇，先做承诺，是我们常犯的毛病。本来做承诺的人以为承诺有利于事情的推动，到头来却发现造成更坏的影响——

如果你做老板，今天你看业务员冒着倾盆大雨出去办事，于是很豪爽地说："你真努力，这个月加发你一千块奖金。"

你是多慷慨的老板哪！

你可知道从此以后，每位员工冒着大雨出去办事，而你没看到，他们的心里有多么不平？

如果你做老师，今天某学生答出了一个难题，你一高兴，说"加你十分"。明天，别的学生每做出一道难题，是不是都会说："老师！我也要加分！"

如果你做母亲，今天来客人，孩子帮忙洗碗，你一高兴，赏他一百块；明天，你生病，堆了一摞碗盘，叫孩子洗，恐怕孩子才洗完，就跑到你的病床边，伸手："妈！一百块！"

想想！

业务员冒着大雨出去办事，学生上课答老师的问题，孩子帮父母做家事。

这不都是应该的吗？

如果你因为他们讨奖金、要加分、等赏钱而不高兴的话，你先要想想，是不是因为自己先做了不当的承诺。

书呆子的反思

当我念大学的时候，常到附近的一个摊子买水果。去多了，处熟了，也就跟老板成了朋友。有一天，听我喉咙沙哑，他问我为什么不喝点椰子汁。

我说好啊！可是没买过，不知怎么挑。他笑道："我帮你挑，摆得愈久的椰子，愈甜，也愈好！"

从那以后，我常去买椰子，还带朋友去，主动告诉朋友，摆得愈久的椰子愈好。

有一次，我跟女朋友一起去买了个椰子，特别请老板帮忙挑。可是拿回家，才把椰子靠柄的地方削掉，就觉得软软得不对劲，等插进吸管尝一口，差点呕了出来。

那椰子壳里的果肉，已经烂在椰子汁中，散发出一股酸臭的味道。

我突然发现自己上当了。长久以来，我把那人当朋友，他却只想把快坏掉的东西卖给我这个笨蛋。

我后来常想，当我介绍同学去向他买"烂椰子"的时候，他的笑容后面，是怎么想？他八成在笑我们都是一群书呆子。

进入社会的第二年，我出版了《萤窗小语》，没想到非常畅销，又一连写了六本。奇怪的是，几年下来，物价不断上涨，我印书的成本不但没涨，还下降了。

有一天，我对装订厂老板抱怨："我发现你以前要的价钱不合理，害我多花了不少钱。"

他居然若无其事地一笑：

"那当然了！以前你是新手，现在是老手了嘛！从新手到老手，总是要交学费的啊！"

最近，有个学生对我说，她简直要发疯了。因为她打工的店里，常有顾客请她推荐最好的产品。

"我起初实实在在，把我所知道的告诉顾客。可是有一天被老板听到了，居然把我叫进去骂一顿，说：'什么叫最好的？你去仓库看看！积压最多的，就是最好的！'"说到这儿，学生哭了，"我觉得好有罪恶感，我怎么能这样骗人呢？"

她离开之后，我想了许久，想到自己第一次发觉被出卖时的愤恨，也想到从小到大，上过的许多当。我相信，如果现在把我再放回年轻时代，我一定能看到许多以前看不到的东西，我也一定能少吃些亏。

当然，回想以前初入社会时的处事方法，也发觉有许多不对的。那时候的我，不懂工作伦理，常常率性从事。每次想到这些，都令我惭愧。

"世事洞明皆学问，人情练达即文章。"古人这句话说得真好，问题是等到"世事洞明""人情练达"，我们的生命恐怕已剩下不到一半了。为什么在学校里有那么多老师教我们做学问，却少有人指导我们处世的学问？就算有些治世格言，也常是"忍一时风平浪静，退一步海阔天空""暧暧内含光""守愚圣所臧"，或"雄辩是银，沉默是金"之类。

那真是最对的吗？就算对，对的道理在哪里？

为什么没人教我们"工作伦理""人际关系""说话技巧""行为语言"？为什么让我们这些读破万卷书的人，进入社会之后，处处碰钉子？而且真正做到"被人卖了，还在帮他数钞票"？

近几年，常有朋友找我聊天，征询我的意见。令我不解的是，当他们把身处的情况说出来时，已经一清二楚，可以见到横在眼前的陷阱，他们竟然毫无感觉，直到我"点破"，才大吃一惊。

是因为我聪明吗？不！是因为我上过许多当，久病成良医，终于对人生与人世，有些了解。

人生真像一局棋，一局只能下一盘的棋。可惜多数人，可能一直下到结束，还摸不清自己在下什么棋，这局棋又该怎么下。

为此，我写了这本书。它只是我"处世学"系列作品的一部分，因为那学问太大了，故事也太多了。为了不过度刺激学生读者，本书中的题材，还是经过了调配，有尖锐也有柔和。我尽量为每个人生处境，提出解决方法，希望读者们看完后，就能用。

我是非常赞同高中学生来读一读的。因为它在学问之外，或许能提供些处世的智慧，使你更圆融，更成熟，更坚强，并在见到人生的各种怪现象时，更能冷静地面对。我要再一次强调：我不是教你诈，是教你看清世事；是教你更技巧地坚守原则；是教你保护自己，且在风雨狂澜中，做个中流砥柱。

对于本书的推出，我既兴奋且惶恐，这是大胆的试探，敬待读者的指正！

图书在版编目（CIP）数据

刘墉人生三课. 不可不知的处世之道 /（美）刘墉著

. -- 长沙：湖南文艺出版社，2021.6

ISBN 978-7-5404-9796-5

Ⅰ. ①刘… Ⅱ. ①刘… Ⅲ. ①散文集－美国－现代

Ⅳ. ① I712.65

中国版本图书馆 CIP 数据核字（2021）第 071615 号

上架建议：畅销·青少年励志

LIU YONG RENSHENG SAN KE·BUKE BU ZHI DE CHUSHI ZHI DAO

刘墉人生三课·不可不知的处世之道

作　者：	［美］刘　墉
出版人：	曾赛丰
责任编辑：	丁丽丹
监　制：	小博集
策划编辑：	文赛峰
特约编辑：	李孟思
营销编辑：	付　佳　付聪颖　周　然
版权支持：	刘子一
封面设计：	梁秋晨
版式设计：	梁秋晨
版式排版：	金锋工作室
内文插图：	刺拳漫画
封面插图：	刺拳漫画
出　版：	湖南文艺出版社
	（长沙市雨花区东二环一段508号　邮编：410014）
网　址：	www.hnwy.net
印　刷：	北京中科印刷有限公司
经　销：	新华书店
开　本：	875 mm×1270 mm　1/32
字　数：	110 千字
印　张：	5.75
插　页：	16
版　次：	2021 年 6 月第 1 版
印　次：	2021 年 6 月第 1 次印刷
书　号：	ISBN 978-7-5404-9796-5
定　价：	39.80 元

若有质量问题，请致电质量监督电话：010-59096394

团购电话：010-59320018

立场 一

在看别人立场的时候，不可忽略那个"人"。绝对不要用立场否定"人"，或否定"人性"。